译文纪实

誕生日を知らない女の子
虐待――その後の子どもたち

黒川祥子

[日]黑川祥子 著　　孙逢明 王慧 译

不知道自己生日的女孩

受虐儿童被解救之后的故事

上海译文出版社

目　录

序言 / 001

第一章　美由——变成一堵墙的女孩 / 001

第二章　雅人——躲在窗帘后面的男孩 / 033

第三章　拓海——"长大以后应该很痛苦吧" / 067

第四章　明日香——"当奴隶也没关系，我想回去" / 117

第五章　沙织——"你能无条件爱我吗" / 157

结语 / 199

文库本寄语 / 209

序　言

她为何能够坦然地注视女儿的内脏器官照片呢？

从 JR① 岐阜站乘坐东海道干线的新快速电车，前往大府站的一路之上，2010 年 5 月 12 日在京都地方法院 101 号法庭上目击的一个场景反复出现在我的脑海里。

她当然知道，法庭的显示屏上出现的照片，是出生后仅 8 个月就去世的四女儿肺内血管的组织细胞。

我恐怕做不到神情自若、从容不迫地注视自己夭折孩子的部分内脏器官。也许正是出于这个原因，当时我的目光始终难以离开她那波澜不惊的表情。

2008 年 12 月，在京都大学医学部附属医院的 ICU（重症监护室）里，她往正在住院的五女儿的注射液中掺入污水，因而被逮捕。警方在她的裙子口袋中发现了装有水的注射器，将其当场抓获。五女儿被从死神手中救了回来，年仅 1 岁 10 个月。抓捕后，警方发现，在她所生的女儿当中，二女儿、三女儿、四女儿分别在 3 岁 9 个月、2 岁 2 个月、8 个月时病逝，于是顺理成章地将其当成了侦查对象。

在那些去世的孩子当中，唯一留下病理解剖记录的是四女儿。法庭上审理的便是此案。

---

① Japan Railways，即日本铁路公司。[本书脚注皆为译注]

她上身穿黑色夹克衫、白衬衣，下穿黑色紧身裙，腿上是黑色长筒丝袜，一身装束以黑色为基调。从旁听席看过去，她显得稳重而朴素。她中等身材，不胖也不瘦，长相不算出众，扎着一根马尾辫，给人一种严肃认真的印象。她时而斜眼扫视一下旁听席，视线非常锐利，那一瞬间几乎让人感到害怕。

她的罪行最早是针对二女儿实施的。她不仅在尿液中"作假"（掺入蛋白和血液），还在注射液中掺水，造成二女儿于2001年8月死亡。其后，在2008年12月被逮捕之前，7年多的时间里，她相继怀孕并生下三女儿、四女儿、五女儿，除五女儿之外，其他女儿依次死亡。

她叫高木香织（服刑人员，被捕时35岁），法庭中回荡着她那嗲声嗲气的声音。

"医生会担心有些孩子，需要对他们格外关照，我想成为别人眼中那样特别的孩子的母亲。我本人想一直做一位好母亲，和孩子在一起的时光让我体会到了自己的生命价值。我是一个尽力照看患病孩子的母亲，得到这样的评价让我感到非常地满足和平静。"

仅凭这样的理由，她就往孩子的注射液中掺水，致使其病情恶化。让孩子延长住院时间，这就是犯罪动机。因为对于香织来说，医院是个让她感到舒适的地方。

检察官反复询问作案动机，香织这样回答道："能24小时和孩子单独待在一起，就意味着会远离日常生活、和孩子度过亲密的时光。孩子把一切都交给了我，她就是我的一部分。能够和小孩子密切接触是一件很惬意的事。通过让孩子住院，我总是会得到医生和护士的关注，他们会（把我的孩子）当作特殊患者担心挂虑，作为患儿的母亲，我也成了特别的存在，他们会关心、鼓励我，让我觉得很舒适。"

这是被归为代理型孟乔森综合征（MSBP：Münchhausen Syndrome by Proxy）的一类人常见的特征。

高木香织的案件是日本首例因代理型孟乔森综合征而被判刑的审判。这个名称奇怪的"综合征"是指父母把孩子虚构成病人、让其接受不必要的检查和治疗的一种心理疾病。

所谓"孟乔森"者，是德国的一个地方贵族，别名"吹牛男爵"，历史上确有其人。有些人喜欢自己虚构症状和病史，每次去看病都要求检查和治疗，人们便以该男爵的名字将其定义为"孟乔森综合征"。另一方面，有的病人不是虚构自己的症状，而是让他人"代替"自己生病，从而吸引周围的关注。这种病症被命名为"代理型孟乔森综合征"。据说，生母让孩子"生病"的情况较多。

代理型孟乔森综合征被认为是一种虐待。与躯体虐待和疏忽照顾（指父母放弃对孩子的适当养育）相比，这种虐待虽然发生的案例较少，危及生命的风险程度却更高。与此同时，这个病也会被解释为母亲的"精神性疾病"，非常棘手。也就是说，根据这种理解方式，母亲存在某种精神性病理，因此才会出现"故意让孩子生病"这种"症状"，代理型孟乔森综合征就是指代这种"病理"的词语。

竟然存在如此奇怪的母亲，单是这一点就令人难以置信，而香织还毫不发怵地在法庭上陈述了自己的"道理"。

"身为母亲，看到孩子的成长会感到喜悦。我对长女也倾注了很多母爱，甚至可以称得上是'女儿奴'。"

"孩子难受的时候，我就想为她做点儿什么；孩子发抖的话，我就会抚摸她的身体让她舒服一点；孩子发高烧的时候，我就用冰块给她降温，拼命祈祷想让她退烧。"

她自身的所作所为与对自我的认识之间存在的差距大得惊人。面对检察官的严厉逼问，香织坚称自己是一个"好母亲""爱孩子的母亲"。

"我并不是在扮演一个好母亲，无论当时还是现在，我都真心想做一个好母亲。"

她似乎完全没有意识到，亲手害死自己的孩子这件事的严重性。香织是否真的明白自己都做了些什么呢？她那锐利的目光背后到底隐藏着什么呢？

旁听审判后过了两个月，我于2010年7月走访了香织生活过的地方，然后从JR岐阜站前往大府站。无论如何，我都想弄清楚这名令人费解的母亲的真面目。此行的目的地是"爱知小儿保健医疗综合中心"（以下简称为爱知儿科），我要采访一下儿童精神科医生杉山登志郎，他当时是心理治疗科的部长（现任滨松医科大学特聘教授），非常熟悉儿童虐待方面的问题。

现在想来，这次采访对我来说就是一场围绕虐童问题开展的"巡游"的开端。

我本人是单身母亲，独自抚养了两个儿子。产后心情低落、育儿时孤立无援、与孩子朋友的妈妈闹矛盾，这些事也都经历过了。在此期间我一直以家庭成员之间的关系为主题进行采访，例如家庭内部的杀人事件等。有些人虽然没有受到肉眼可见的虐待，但是在成长过程中很难和生母处理好关系，也许悲剧发生的原因就在于此吧。我不想看漏在家庭这个小世界中孕育出来的"病理"。因此，虐童问题是我多年来关注的主题之一，从某种意义上讲，我觉得这属于我的势力范围。我一直认为自己"很懂"。

这家医院的大厅是直通三楼的开放式通顶设计，布置了许多可爱的木头人偶，宛如一座巨大的玩具屋。

医院位于一座小山丘之上，采光很好，充满了明朗的氛围。一走进去，我就亲身感受到了这家医院在设计上以"孩子"为主人公。候诊室的显示屏上，动漫人物形象的主治医师正笑容可掬地挥手。

爱知儿科于2001年建成，是爱知县运营的专治小儿疾病的综合医院。

我被带到了位于三楼的杉山医生的办公室。

杉山医生的专业是儿童青年期精神医学，研究课题是发育障碍和儿童虐待的临床研究。他以前治疗过很多受虐儿童，经验非常丰富。

杉山医生为人温和，他平静地给我讲述了在爱知儿科接诊过的代理型孟乔森综合征病例。

据他说一名5岁女孩自幼因为癫痫发作经常呼叫救护车，反复在各家医院住院治疗。

"这样的事发生过很多次，但是检查脑电波也没有异常，住院期间从未发作过。住院之前，母亲说孩子无法走路，因而申领了三级残疾证。母亲又说'孩子不会咀嚼吞咽食物'，因此从鼻腔向胃里插管输送营养，她还说甲状腺也有问题，一直让孩子服

不知道自己生日的女孩　　5

药。因此，孩子住院的医院怀疑她患有 MSBP，报警说她虐待儿童。"

儿童庇护所与律师开会探讨后，决定对孩子采取临时保护措施，动用职权扣留了正在上幼儿园的孩子，让工作人员带去爱知儿科住院。

"那孩子突然被带到医院来，但是却没有丝毫慌乱，老老实实地听从指示。让她吃饭的时候也没有任何问题，她大口大口地咀嚼吞咽，所以当时就把胃管拔出来了。而且她走路飞快，不存在问题。"

女儿住院后，母亲主张的异常症状被全盘否定了。这个女孩既没有癫痫，也没有甲状腺问题，更不需要残疾证。一切病症都是母亲捏造的。

"这名妈妈还专门为孩子写博客。她在育儿日记中宣扬自己多么含辛茹苦地抚养着这个孩子。"

高木香织也是如此。她在育儿博客中写道："孩子被直升机送进了京大医院……住进了 ICU……希望她早点好起来……"背地里她却在输液管里注入了污水和运动饮料。每次母亲来探视之后，五女儿的病情就会恶化，于是医院选择了报警。也就是说，她是在警察的监视之下作案才被逮捕的。

我开始感到头晕目眩。

"一个母亲怎么忍心对自己的孩子做这种事呢？为什么呢？"

为什么？为什么？到底为什么？我脱口而出的只有这个问题。面对如此简单粗暴的采访者，医生低吼道："媒体动不动就用因果关系来考虑问题啊！"

然后，他断然说道："现实中就是有这种父母。我们只能去直面那些无法解释的负面现象。虽然无法用语言解释清楚，但是确实存在这种父母。我们必须接受这个现实。最重要的是应该从孩子的角度来审视虐待，必须从包括孩子在内的整个虐待事实出发思考这个问题。"

确实，一直以来我基本上都是固执地从父母身上寻找"因果关系"，很少站在孩子的立场上审视虐待现象。

从这个视角一看，我才意识到高木香织的案件也不能把MSBP当成免罪符。那些孩子发高烧、便血、呕吐，最后不幸离世，他们出生以后大部分时间都在病床上度过，未能体验小孩应有的乐趣。我们必须站在那些孩子的立场上，从他们的视角来审视案件。

高木香织这样的母亲是"怎样"诞生的呢？也许这是一个值得查证的问题，但是如果过度执着于加害者的奇怪之处，可能就会看不清虐待事实的全貌。

法院在认定香织的罪行之后，认为"在量刑时可以把代理型孟乔森综合征作为对她有利的因素酌情考虑"，虽然检方请求判处15年刑罚，最终却只判处了10年。香织服从判决，没有上诉。在审判时，香织"患有MSBP"的事实最终影响了量刑。然而横滨市立大学的助教南部纱织在其著作《代理型孟乔森综合征》中指出："MSBP是对儿童的一种虐待，并非指代父母精神状态的词汇。"换句话说，MSBP是确凿的犯罪行为，不应成为父母酌情减刑的因素。

但是，即使被要求"从整个虐待事实出发思考"，我也不知道应该思考什么、怎么思考。原以为我"很懂"虐待问题，但是如今发现这种自负只是自以为是，有种束手无策的感觉。

"要不要看看病房？"

杉山医生的脸上浮现出了笑容，缓缓站起身。我松了一口气，跟在他身后。我们去的是心理治疗科"32号病房楼"。住院的主要是受过虐待的孩子，让他们接受专业性治疗。

杉山医生在病房楼的入口处将挂在脖子上的ID卡贴了一下对讲机，我听到了类似开锁的声音，然后门就打开了。我有一瞬间感到有些不对劲，但是也不明白问题出在哪里，就跟着进去了。

门里面是一片明朗的空间，让人感觉很舒服。墙上画着笔法柔和的画，以自然为主题，营造出了温馨的氛围。中央是通顶设计，走廊和病房周围用蓝色、橙色、粉色等鲜明的色彩进行了装饰。

墙后面是一个类似大厅的场所，摆着几张可供四人围坐的桌子。小学低年级的孩子们围坐在一起，边吃零食边看录像，一副认真的表情。

杉山医生继续往里走，又用ID卡打开了另一道门。一名小学三四年级的男生正在那里和女护士聊天。那孩子似乎在闹别扭，杉山医生笑着问他"怎么了"。

虽然是在医院，却没有打点滴和穿病号服的人，也没有父母陪同。孩子们身穿便装，脚上穿着室内鞋，护士虽然系着围裙，却是polo衫加休闲裤，穿着非常随意，乍一看像是幼儿园老师。

但是，这些孩子是"住院患者"。而且，他们来这里之前曾经历过旁人难以想象的虐待。我不知道应该如何理解眼前的这幅光景。

我带着混乱的思绪在病房楼里转了一圈，走出门的那一瞬间听到背后咔嚓一声，是上锁的声音。

这里是不允许患者随意外出的空间，也就是"封闭病房楼"。真没想到小儿科竟然存在封闭病房楼……我最开始感到不对劲的地方就是这一点。

到底是怎么回事呢？这意味着什么呢？

曾经遭受虐待的孩子现在处于什么样的状态呢？在这之前我一直认为遭受虐待的孩子在儿童庇护所的救助之下离开父母身边的话，问题暂时就算解决了。至少已经没有被杀害的危险了。

通过这次采访我弄清楚了一点，那就是我之前一无所知。面对自己的无知和自以为是，我感到羞耻，带着纷乱的思绪离开了爱知儿科。

如今日本有多少孩子因被虐待而受到保护呢？

据厚生劳动省①统计，2012年全日本的儿童庇护所接受的与儿童虐待相关的咨询案例首次突破了6万例，2013年度这一数字（速报值）进一步增加，达到了历史新高，为73765例。2012年度是66701例，自1990年开始调查以来，每年都在持续增加。截止到2013年10月1日，无法在父母身边生活、需要得到保护的儿童在全日本约有46000人。

在这些孩子当中，只有极少一部分人来到爱知儿科接受治疗。爱知儿科的心理治疗科有一个"育儿支援门诊"，我所参观的32号病房楼是以"关怀孩子心灵"为目的的住院设施，这在

---

① 负责医疗卫生和社会保障的主要部门。

不知道自己生日的女孩　9

全日本都很少见。除了遭受虐待的孩子，还针对智力障碍和不肯上学的孩子进行专业治疗。

2011年2月，我再度访问了爱知儿科。

杉山医生自2010年10月起担任滨松医科大学的特聘教授，在爱知儿科的身份变为外聘医师，每周来一次，进行门诊治疗。光是这一天就要接诊大约60名患者，不过他还是抽空在诊室接受了我的采访。

"'育儿支援门诊'这个说法比较柔和，实际上是'虐待门诊'，目的在于治疗受虐儿童的心理创伤。这里已经建成10年了，还没听说其他地方有类似的设施呢。

"有的患者是得到儿童庇护所的救助后发现情况紧急，直接被送到了这里；有的孩子是在儿童福利院发现问题后被送来的；还有的人是本地的儿科医生介绍来的。"

为什么需要封闭病房楼呢？这是我最想问的问题。

"在儿科医院封闭部分病房楼，是因为根据我们多年来治疗受虐儿童的经验，预料到会有重症患者来住院。"

重症患者是指什么样的孩子？住院后处于什么样的状态？

"受过虐待的孩子总是不断地引发问题。当自己的弱点暴露出来后，就会变得情绪焦躁，从而开始胡闹。也就是说，他们总是重复虐待与被虐的人际关系。可是，如果孩子们互相给对方造成威胁的话，就不会获得安全感。在没有安全感的地方就没办法治疗。这栋病房楼的设计理念就是用充满安全感的整体环境来拥抱那些情绪不稳定的孩子。我们的目的不是把孩子关起来，而是为了守护他们。"

32号病房楼分为两个区域，一个是半封闭（傍晚5点到次日早上7点之间封闭），另一个是24小时封闭。打造该病房楼的整个过程都遵循了《精神保健福利法》的规定。还组建了伦理委员会，制定了法则和条文。该法规定，要想限制病人的行动，"需要安排至少一名儿童精神科医生"、"剥夺病人自由的情况下，必须解释清楚原因并请监护人签字确认"、"必须接受外部委员会的检查"。在满足了所有这些必要条件后，封闭病房楼才开始启用。

杉山医生调到了滨松，他委托新井康祥医生接待我。新井医生很年轻，骨子里透着温柔和善。他身穿格子花纹的衬衣搭配休闲裤，这是爱知儿科的医生特有的装束，很适合他。不过，他语速很快。我好不容易才能跟上他说话的节奏。

我第一次访问爱知儿科时，听杉山医生说"最近流行'性虐'，接二连三地发生性方面的问题"。据说"性虐"是指"性方面的虐待"。不过，流行到底是怎么回事呢？首先，我想了解"性虐的流行"是什么意思。

为了回答我的问题，新井医生先从性方面的问题说起："有一种说法叫'性化行动'。"

我头一次听说这个词。

"遭到性侵的孩子仿佛被激发了潜能，往往会主动采取与性相关的行动。比如与性相关的发言、自慰行为，甚至发生性行为的案例也不稀奇。这就叫性化行动。"

年幼的孩子采取与性相关的行动，是怎么回事呢？说到底，他们明白那意味着什么吗？

"不是所有的孩子都理解性行为的意义，有的孩子目睹了父母的性交场面，感到好奇，于是开始模仿。例如躲在这根柱子后面或者墙的背面，突然就开始行动了。我估计他们是提前说好了的。他们躲在柱子后面，迅速地脱下裤子，回来的时候说'成功了'或者'没成功'。这是让儿童福利院非常苦恼的问题。"

我一直误以为性方面的问题是青春期以后的事，听了新井医生的话，一时间无法理解。

"小学低年级的学生也能感到性兴奋，所以被性侵过的孩子在福利院里也会发生性行为。根据厚生劳动省的统计，现在性虐待占3%。不过，这是因为必须在一定程度上认定性侵事实后才能上报，所以才会出现这样的数字，如果再加上治疗过程中发现性侵事实的案例，实际上这个数字会大得超乎想象。这个病房楼启用后的十年时间里，按照诊察记录的内容统计，性虐待约占17%。"

所以才需要"隔离"吗？

"至于为什么需要封闭部分病房楼，那是因为需要住院的孩子聚集在一起的话，难免会引发性化行动和暴力问题。我们既不希望孩子们侵害别人，也不希望他们受到更多伤害。而且，如果不是能够给孩子带来安全感的地方，就没办法治疗他们的精神创伤。"

我万万没想到，遭受性虐待的孩子居然有那么多。也就是说，强逼孩子发生性行为的卑劣的大人数量之多，远远超出了我的想象。另一方面，遭受虐待的孩子们引发的问题行为也出乎了我的意料之外。

"遭受虐待的孩子会产生愤怒、恐惧等各种各样的情绪，但是会强忍着，仿佛盖上了盖子。然而当他们得到救助、放松警惕后，盖子就会打开。那样一来，他们就会在背地里欺负别人，有时候无法抑制激烈的暴力冲动。虽然他们明白这样会失去朋友，可是那股冲动停不下来，有时候就会当真扭打在一起。"

新井医生继续说道："因为那些孩子过去一直生活在弱肉强食的世界中，所以即使体格存在明显差距，小学低年级学生威胁初中生的事也很常见。因为在那种生存环境下脑子里面只有活下去的念头，虽然这个比方不太好，我感觉就像是动物抢地盘。无论是小学一年级还是二年级的学生，为了活着，都在拼命地圈地盘。"

原来虐待孩子的家庭是弱肉强食的世界吗？那些孩子好不容易在严酷的环境中幸存下来，无法回归家庭，都是需要救助的儿童。

这样想来，我记得杉山医生这么说过："应对虐童问题的措施之所以落后一步、进行得不顺利，原因在于对虐童带来的后遗症的诊断过于乐观。这叫复杂性精神创伤，会给大脑带来器质性病变。通过影像就能看清楚。因为会出现非常严重的后遗症，所以只能通过药物疗法、生活疗法再加上心理疗法结合起来进行治疗。"

新井医生告诉我，在32号病房楼住院的很多孩子都在吃各种药，比如抗精神病药物。

"孩子即使吃和大人相同的量，也不会头晕，不算什么大不了的事。不仅如此，甚至有孩子说'我睡不着觉，给我开点药吧'。受虐儿童不知道什么时候会挨打，心中一直保持警惕，警报24小时响个不停，所以头脑一直处于过度清醒状态。对于一切刺激，他们都会非常敏感，少量药物无法让他们镇静。"

包括我在内，媒体在这之前都关注了虐待的哪些方面呢？我们报道的几乎都是孩子被虐致死的悲惨事件。我们谴责虐待孩子的父母，质问相关部门，哀叹"为何没能救助他们"。在临床现场的医生认为"必须从整个事实出发思考（虐童问题）"，我们的做法与他们的想法相距甚远。

根据厚生劳动省2014年9月公布的数据，2012年度受虐致死的孩子有90人，除掉父母带孩子一起自杀的情况，共有51人。2011年度受虐致死的孩子有99人，除了父母带孩子一起自杀的情况，共有58人。很多孩子受尽折磨后惨遭杀害也是不争的事实。

但是，另一方面，"幸运地活下来"的孩子得到儿童庇护所的救助后就算万事大吉了吗？事实并非如此。

既然这样，被救助的孩子数量如此庞大，"后来"等待他们的命运是什么呢？我们应该好好关注这个问题。最重要的是，我想先亲眼看一下现状。

当天的采访结束后，新井医生对我启发道："作为采访的流程，接下来你最好去儿童庇护所或者收养孩子的人那里看看。我们总是很苦恼，治疗结束后应该让那些孩子回到哪里去。而且，有些孩子虽然曾遭到虐待，却有幸遇到了好的机构或养父母，治疗也取得了进展，再加上个人的努力，有很多人现在活得好好的。"

我结束了在爱知儿科的采访，在前往名古屋站的电车里，心中涌起一股坚定的念头。就这么定了，我要去那些遭受过虐待的孩子如今生活的地方看看。现在我想开始一段摸索的旅程，去邂逅那些幸存的孩子的"后来"。

第一章

美由
——变成一堵墙的女孩

"祥子阿姨，我跟你说吧，其实我 5 岁以前都不知道自己的生日是 7 月 10 号。"

美由的低语宛若一片轻柔的羽毛飘落。当时她嘴里哼着歌，正在玩娃娃，语气很欢快，仿佛只是不经意间说起此事。

她在我面前没头没脑地抛出了这么一句话。说话的声音很轻快，倾诉的内容却如此沉重，我对于两者之间的反差感到惊讶，瞬间僵在了那里。对于孩子来说，生日是获得父母以及周围人的祝福的日子——"谢谢你来到我们身边"。可是她……

美由是小学三年级学生。

由于受到母亲的虐待，她 3 岁时得到儿童庇护所的救助，在临时保护所中待了一阵，4 岁时被家人之家（Family Home）"横山之家"收养，之后一直以"横山家的女儿美由"的身份生活。

"横山之家"中的妈妈叫久美，年龄大概在 50 到 55 岁之间，爸爸叫泰郎，似乎不到 50 岁。他们一共收养了 6 名孩子，除了美由之外，还有 1 名上幼儿园的孩子、3 名小学生、1 名初中生。这些孩子在外面都使用"横山"这个姓氏。

所谓"家人之家"是 2009 年开始实施的制度，正式名称叫"小规模居家型儿童抚养企业"。正如字面意义，它是抚养者在自己家里抚养 5 到 6 名"需要救助的儿童"的"企业"。满足一定条件（如收养过孩子）的人才能成为抚养者，加上助手，至少需要 3 人负责抚养工作。抚养者仅限生活在企业所在住宅的人，其他参与运营的人则为"助手"。有几种不同的组合类型，例如 1 名抚养者加 2 名助手、2 名抚养者（夫妇等）加 1 名助手。

普通的养父母最多只能收养 4 名儿童，而家人之家的定额是 5 到 6 人。也就是说，家人之家是抚养多个孩子的地方，比养父母家庭的规模大一些。

能够创办"抚养企业"的人要作为"养父母"积累一定的经验，但是不以过继为目的，或者曾作为儿童福利院的员工抚养过孩子。有的福利院等法人也会给员工提供住宅，让他们创办抚养企业。

家人之家的最大特征在于它不是福利院，而是在家庭中抚养孩子。和普通家庭一样，孩子们能够在妈妈和爸爸这样特定的大人的关爱之下成长。从这个意义上讲，它和养父母制度承担了同样的作用："为孩子保障家庭般的成长环境"。

家人之家和养父母的最大区别在于，养父母的定位是"个人"，而家人之家被归类为"第二种社会福利企业"。只要参加一定数量的讲座，无论谁都能成为养父母，而关于家人之家的"创办条件"则有明确的规定：有过收养经验的人作为养父母同时抚养多个孩子累计 2 年以上；或者注册养父母资格超过 5 年，且受委托抚养的儿童累计超过 5 人；如果没有收养经验，则需要在儿童福利院等机构有 3 年以上抚养孩子的经验。家人之家的创办人作为承担公共抚养工作的"经营者"，被赋予了严格的责任和义务，经营管理状况需要接受行政的监督检查。

截止到 2013 年 10 月 1 日，全日本共有 218 所家人之家，829 名孩子在那里生活。国家的方针是今后摆脱福利院一边倒的状况，推进在家庭中抚养的政策，扩充家人之家的数量。将来的目标是设置一千所家人之家，无疑这是因为政府已经认识到，尽可能地把那些遭受虐待的孩子放到家庭这一环境中，在稳定的人际关系下关爱抚养，对于他们的成长非常重要。

当我第三次访问横山家时，美由对我说"陪我玩玩吧"，邀请我进了她的房间。之前她只是远远地旁观，此时突然叫我"祥子阿姨"，说实话这让我感到很惊讶。

无论壁纸还是地毯，无论窗帘还是抱枕，目之所及全都是粉色。美由的房间可以说是她最喜欢的粉色世界。高层床下面的空间摆着一架电子琴，小小的梳妆台周围和杂物区角装饰着零零碎碎的小物件和布偶。我第一次走进小学女生的房间，满眼都是令人感到新奇和惊讶的东西。美由逐一拿起那些小物件对我讲解，那全都是她的宝贝。

"这个呀，是妈妈买给我的。这个是阿春哥哥送给我的礼物哦。"

她那无忧无虑的笑容，自然而然地吸引了我的目光。

她说的阿春哥哥是指来横山家上班的辅助人员。横山家满足了运营家人之家的条件，夫妻二人担任"抚养者"，长大成人的儿子幸生担任"助手"。考虑到孩子们的成长和学习，久美和泰郎认为需要多个大人参与，实际上为了接送每个孩子去补习班和医院，确实也需要人手，所以他们雇用了几名福利专业的大学生担任辅助人员。那么，国家会支付这部分人工费吗？据说政府设想的是2.5人（2名抚养者加1名兼职的助手）的费用。如果从外部聘用辅助人员，经营者就不得不自掏腰包。

来到家人之家的孩子都是"需要救助的儿童",由"社会"代替父母等监护人抚养他们。各个都道府县的知事①根据儿童庇护所的负责人的判断作出决定,"安置"那些"需要救助的儿童"进入儿童福利院、养父母家或家人之家。

　　抚养这些孩子所需的费用叫"安置费",国家拨给家人之家的安置费分为两种名目,分别是"事务费"和"事业费"。

　　给每个孩子平均每个月发放的"事务费"金额为15万日元左右。前文提到的辅助人员等的人工费、研修费、差旅费以及消耗品、维修费等经费都要从这里面挤出来。所谓"事业费"是指孩子的伙食费和服装费等普通生活费和教育费,给每个孩子每月发放大约4.8万日元。

　　横山家的"财务状况"如何呢?

　　久美解释道:"我们家一共6个孩子,大致计算一下的话,每个月可以领120万日元不到一点,6个孩子的伙食费、服装费、补习班费用再加上游泳、钢琴等特长班费用,每个月差不多要花40万日元,助手和辅助人员的人工费大约需要50万日元。另外还有用来接送孩子的汽车的保险费、偿还买车的贷款、停车费等等,结果大部分都花掉了。所以作为企业来讲根本不赚钱。如果只考虑我自己的收入的话,还不如到外面工作挣得多。不过,申请成为家人之家以后,就能把更多钱花在孩子们身上了,我觉得挺好的。可以带他们去旅行,还可以让他们从小就去上补习班和特长班……"

　　美由如今在上钢琴课和补习班。她喜欢弹钢琴,也擅长动手

---

① 相当于我国省、自治区、直辖市的最高领导。

制作手工作品。她画画也很拿手,展示给我看的原创漫画作品很可爱,就连细节部分描绘得也很精致,令人赏心悦目。

美由对我说"到这边来",招呼我爬上了她的高层床。头快要贴到天花板了,她抚摸着床上的抱枕和布偶,说出了本章开头的那句话。

为什么她会在此时向我提起生日的事呢?5岁之前不知道自己生日的孩子恐怕不止她一个人。这件事本身很正常。不过,美由来到横山家以后,爸爸妈妈和哥哥姐姐们第一次为她庆祝了生日,此事清晰地留在了她的记忆中。也许正因为如此,她在床上突然回忆起来,希望我明白在那之前从来没有人对她说过生日快乐。毕竟有人给自己庆祝生日是一件令人高兴和自豪的事情。

面对无忧无虑的美由,我有些慌张,只能做出白痴般的回答。

"啊?原来是这样呀,美由。"

"嗯,我来到这个家之后才知道的。不过呀,川村妈妈给我买过蛋糕哟。"

"川村妈妈"是指她的生母,我听久美说起过。

"是吗?你妈妈对你真好啊。"

"不,她很可怕,可凶了。"

说到这里,美由看了我一眼,果断地摇了摇头。然后,她把右手伸到了我面前,也不知道她在想什么,一副心不在焉的样子。手背正中央靠近手指的地方隐约可见一道旧伤疤。

"这里被川村妈妈用平底锅烫了一下。"

美由随口说出了这句话,仿佛在朗读文章。以前我听久美说过平底锅的事,不过没想到美由会亲口告诉我。我有些惊慌,费力地挤出了一句回答。

"很疼吧?应该很烫吧……"

美由的心绪似乎一下子离开了滚烫的平底锅,一副不痛不痒的表情,又用可爱的声音轻轻地对我讲了另一件事。

"川村妈妈把我哥哥祐树的手摁在了电饭煲上。"

这件事我也听久美说过。祐树比美由大一岁,他的手被按在了电饭煲的蒸汽口上。

"那个石田叔叔呀,可有钱了,还给我买来了寿司呢。"

她说的石田叔叔好像是指"川村妈妈"交往的对象。

祐树和美由是同一个父亲,据说他们换了好几个"爸爸"。母亲和多个男性保持着关系,一共生了4个孩子,但是现在没有一个孩子生活在她身边。

为什么美由会告诉我"石田叔叔"的事呢?

"原来你记得他给你买寿司的事啊?"

"嗯,因为石田叔叔有工作,所以很有钱啊。"

美由啊,大人有工作是很正常的事。这句话到了嘴边还是没说出来。她妈妈交往的人当中,难道只有"石田叔叔"一个人"有工作"吗?

第二天,孩子们去学校以后,我对久美说了"石田叔叔买寿司"的事。久美断言道:"因为没有别的美好回忆,别人偶尔给她买了一次寿司,她就记在心里了。"

美由在4岁之前都不知道过生日的乐趣,原来石田叔叔给她买寿司是唯一一件让她感到开心的事……

"话说回来,一开始听美由讲起平底锅的事,我也真是吓了一大跳。"

据说那是美由来到横山家之后,第三年夏天发生的事。久美正在准备晚饭,美由很喜欢在厨房帮忙,所以当久美做饭时总是黏在她身边。

"美由,今天我们煎汉堡牛肉饼吧。"

久美把肉饼的形状捏好,马上就要煎的时候说:"美由啊,这是电磁炉,虽然不会出现火苗,但是你碰到平底锅的时候会很烫,要小心啊。不可以碰,会烫伤的哦!"

久美原本是不经意间提醒她一句,结果美由指着右手手背,开始像竹筒倒豆子般讲述过去发生的事。

"我呀,被川村妈妈,用平底锅,使劲儿压住了这里。"

美由刚来到这个家不久,久美就注意到她手背上有烫伤的疤痕。不过,疤痕很小,又是旧伤,她还以为是烟头烫伤的。美由的身上有很多被烟头烫伤的疤痕,而且都是在背上和屁股上,她自己看不到。

久美也没多想,就回答道:"啊?很烫呀!应该很痛吧?"

美由毫不犹豫地继续说道:"很疼呀,可是如果哭的话就会挨骂,所以我就忍住了。"

美由甚至还记得她母亲说过的话:"她说'不许哭!不许出声!哭就打你!',所以我没敢哭。"

从伤疤的新旧程度来看,久美觉得应该是她两三岁时的事。一般而言,两三岁时的事情不会记得那么清楚。

后来,久美对担任美由主治医师的儿童精神科医生说了此事,医生这样解释道:

"日常发生的琐事不会留下记忆,但是造成精神创伤的事可

不知道自己生日的女孩

不是普通的记忆。给受虐儿童带来精神创伤的经历会清晰地烙印在他们的大脑深处，所以记忆极为深刻。"

在久美看来，时隔3年多的记忆苏醒过来也很不可思议。医生继续说道：

"通常他们会隐藏自己的精神创伤经历，如同盖上了一个盖子，但是一遇到什么突发事件，盖子就被揭开了，那些记忆就会一下子涌出来。不过，其实能够直视自己的惨痛经历并用语言表达出来会更好。能够说出来，就说明已经康复了八成。"

那么，她在高层床上漫不经心地对我说起此事，也是"康复"的证据吗？

久美说："她现在能够笑着说'这个伤疤，长大以后会消吗？'，像是在说一件很平常的事。原来记忆很清晰，最近似乎变得有些模糊。听她讲述时总觉得有些含混不清，也许那些事已经可以变成朦胧的回忆了吧。"

确实，她在高层床上给我讲的那些话，感觉只是为了告诉我"川村妈妈"有多么可怕，仅此而已。

5年前，久美在临时保护所看到美由时，她是一个"墙壁般的女孩"。儿童庇护所的工作人员甚至说："这孩子可能不会说话。"因为"她在临时保护所里一句话也不说。脸上没有任何表情，像戴着面具一样"。

那是4岁时的美由。

2011年2月，我第二次访问爱知儿科时，下定决心要围绕受虐孩子的"后来"展开一段"巡游之旅"。（奇妙的是，那年3月11日发生了东日本大地震，我当时正在心理治疗科的封闭病房楼里，在一间名叫"moon"的封闭单间中体验了晃动。我刚参观完一个名为"人际关系工作坊"的训练，目的是帮助一个女孩学会对自己不喜欢的事情说"不"。参观后我在听女护士的讲解，正在此时，发生了持续很长时间的摇晃，我记得自己感到了强烈的不安，心想震源到底在哪里呢?)

另外，那年夏天，东京都杉并区发生的"虐待养女致死事件"轰动了整个日本。

事情的开端是一个小女孩悄无声息的死亡。2010年8月24日凌晨，有人发现3岁7个月的渡边美雪倒在了位于杉并区的自己家地下室里。她被送往医院后确认已死亡。死因是急性脑肿胀，怀疑是被人摇晃和殴打后产生了血肿，大脑受到了损伤。她死后脸颊上还挂着泪痕。美雪的双眼最后究竟目睹了怎样的光景呢？

事发后过了一年，2011年8月20日，美雪的养母因伤害致死嫌疑被逮捕，美雪的死才成为全国性新闻。医院方看到遗体上有很多淤青和伤痕，感到可疑，于是选择了报警。警视厅怀疑她遭到了虐待，经过多方调查，终将其养母抓捕归案。

由于被起诉的铃池静（被捕时43岁）是一名配音演员，此事引发了广泛的报道和关注。被告铃池于2007年11月向东京都政府申请了养母资格，2009年9月将美雪收为养女，在此之前的半年时间里，她曾多次与美雪见面交流、带她外出、一起过夜。

还不到一年时间，美雪在"新家"里丢掉了性命。在此期间，究竟发生了什么事呢？

为了寻找线索，我参加了2011年9月11日在儿童教育宝仙大学举办的"思考杉并区养母伤害致死事件的紧急集会"。参加人员大约有一百人，基本上都是来自日本各地的养父母。

一名50多岁的男性说："我在收养孩子之前，以为孩子只要得到关爱就能茁壮成长。因为我亲生的孩子就是这么长大的。我收养了一名3岁的男孩后，我妻子说丧失了一年的记忆。我现在也很难过，还没办法详细谈论此事。我也曾经想过，说不定哪天会杀了他。说实话，有时候很难压制对孩子的怒火。"

一名白头发的男性也说："我成为养父后的第三年，收养的女孩在学校里经常惹祸。她一生气就不停地打人踢人。我曾抓住她的前襟用力按住她，结果她就哭个没完。"

我完全没有想到那些养父母会如此痛苦，受到了这么多伤害。折磨他们的正是"受虐后遗症"。

根据厚生劳动省公布的《针对儿童福利院收容儿童等的调查结果》（2013年2月1日），被养父母收养的孩子当中，约有三成孩子曾遭到虐待。因此，这些孩子自然会带着"受虐后遗症"来到养父母家中。

说到底，普通人对于"受虐后遗症"的认知程度如何呢？至少我在接触这个主题之前，从来没有想到这一点。

听说即便是在爱知儿科的心理治疗科病房中，虽然有专家进行治疗，却也"经常出现问题行为"。既然如此，估计养父母每天都被这些"问题行为"折腾得够呛。

为何这些孩子要为难好心收留自己的人呢？前文提到过的爱知儿科心理治疗科医生新井康祥这样解释道："遭受虐待的孩子一直压抑着心中的怒火，得到救助后他们就感到放心和安全了，那些怒火逐渐就会浮出水面。本来这种怒火应该朝向虐待自己的父母，然而那样对孩子来说是极为危险的事。因为他们心里明白，如果攻击父母的话，就会进一步激怒父母，结果将会遭到变本加厉的虐待。于是，那些无处宣泄的怒火就伤及了温柔呵护他们的人。"

杉并区案件的被告铃池在收养美雪10个月之后，即案件发生的1个月前，曾在博客中这样写道："总觉得和养女相处久了就会迷失很多东西。难道这就是人性的黑暗面吗？"

2007年夏天，儿童福利司①给横山家打来一通电话。当时横山家收养了两个孩子。读小学四年级的早纪来自儿童福利院，那段时间正在家里和学校里引发各种问题。

"您现在正焦头烂额呢，很难再收养一个孩子了是吧？是这样，有个女孩被寄养在临时保护所里快半年了，还没有找到去处。我们同时救助了他们兄妹二人，当时女孩的生母说'我要哥哥，不要这个孩子'，所以我就对她说'明白了，以后只要这个孩子幸福就行了，我会负责给她找个好人家'。"

那名工作人员最后又补充道："不过，这个孩子也许不会说话。她在保护所里一句话都没说。这样也没关系吗？"

久美没有马上答应下来，她说："我也得听听其他孩子的意见……"过了几天，她和丈夫泰郎、担任助手的儿子幸生、早纪、上幼儿园的阿薰一家五口人一起去临时保护所探望那个女孩。

美由独自在保护所院子的角落里玩土。无论在玩的时候，还

---

① 儿童庇护所的职员，负责接受保护儿童、孕产妇等福利方面的咨询，并给予必要的指导。

不知道自己生日的女孩

是洗完澡让职员帮忙擦拭身体的时候，美由总是一言不发、面无表情，仿佛戴着面具。关于当时的印象，久美这样说道："她身材瘦小，长得很可爱。不过，她一声不吭，让人都不知道她在不在房间里。洗完澡之后，她领了一包点心，默默地吃了起来。"

早纪看到她的样子后说："她太可怜了，我们领她回去吧！"

而且早纪送给了美由光之美少女卡片。久美说"那孩子收到后显得可高兴了"。

其实当时的事美由记得很清楚。

她说："那时候姐姐送给我卡片了对吧。"

回家以后，大家一起商量了一下，所有人想法一致："把她领回来吧。"

于是美由就成了横山家的孩子。

想起她刚来那天的情形，久美说："来到我家以后，她也一直保持沉默。叫她吃饭，她就默默地吃。我对她说'从今天开始，这里就是你的家了'，她也不笑，表情也没有变化。我心想，她可能真的不会说话。"

吃完饭洗完澡，久美在一个房间里铺上被褥，对她说："我们大家一起在这里睡吧。"由于来了新的伙伴，阿薫高兴地在被子上跳来跳去。

此时，美由喃喃地说道："可是，我不是这个家里的孩子啊。"

声音很小，就像蚊子叫一样。

久美心想"哦，原来她会说话"。而且，她也分得清状况。

横山家的孩子们正为新伙伴的到来欢欣雀跃，他们没有漏听这句话。首先表态的是阿薫。

"你在说什么啊?我本来也不是这个家的孩子呀。我另外有个家,是山村(儿童福利司的名字)把我带到这里来的。大家一起吃饭、玩耍、睡觉,所以我就是他们的家人,是这个家里的孩子啊。来到这个家里之后,大家都是这个家的孩子啊。"

"啊?是吗?"

看到美由吃惊的样子,早纪立刻接过话头说:"我也不是一直住在这里的。我是从别的地方来的,不过已经是这个家的孩子了。"

"啊?原来是这样啊!"

用久美的话说,那一瞬间"仿佛附体的邪魔退去了一般",美由开始玩枕头大战。

从第二天起,美由开始正常说话。

一喊"开饭了!",她就回应说"好的~",虽然声音还是像蚊子叫一样轻。

没过多久,久美就发现美由在某些方面有很强的执念。

"她喜欢粉色,而且只能穿裙子。在临时保护所里,只要大小合适,就会给她拿来各种各样的衣服,如果给她裤子,她就不穿,连续几个小时都不动弹。她也不说'我不喜欢,不想穿',什么都不说,一两个小时都一动不动地站在那里。保育员不明白什么缘故。她就像一尊蜡像一般,一站就是几个小时。来我家以后也是,一遇到什么不称心的事就关闭情绪的开关,感觉像是电脑死机了。我当时觉得她好厉害啊。"

美由在横山家也会突然不高兴,也不知道什么原因,直接就僵住了。

母亲养育她的时候仿佛给她下了咒语。衣服必须穿粉色,不能穿裤子，不能剪头发，等等。美由被母亲的命令束缚住了。那简直就像是一种咒语，或者说是一种诅咒。

"美由不会拒绝，也不会哭。我觉得可能是因为即便她跟母亲提出要求或者表示拒绝，也从来都不管用。因此，她决定什么都不说，才会那样关掉情绪的开关吧。"

据久美说，她在办理收养手续时领到的美由的育婴手册几乎都是空白。也就是说，母亲没有留下任何美由的成长记录。难道是因为美由对她来说是"不需要的孩子"吗？后来，久美问过美由在自己家是怎么生活的。

"美由说她为了不被妈妈打骂，总是尽量不出声，大气都不敢喘。她说妈妈在家的时候，自己总是一动不动地坐在墙角里。因为她妈妈经常殴打有多动倾向的祐树哥哥。"

美由"变成一堵墙"，屏气敛息，保住了性命。

让久美感到吃惊的是，美由的火气说来就来，而且发火时脾气特别大。

"平时她总是用柔弱的声音开心地说'好可爱的花！'，声音细得像蚊子叫一样。可是有时候突然间性情骤变，用低沉的声音气势汹汹地怒吼道'是谁打了我！'，往往会把周围的人吓一大跳。"

在幼儿园发生过这样一件事。

"那些孩子（受虐儿童）的身体平衡感很差，经常摔跤。有一天放学后准备回家的时候，一个男孩碰巧伸出了腿，一下子把美由给绊倒了。"

那一瞬间，美由一下子跳起来，狠狠地打了伸腿的男孩一拳。因为是在电光石火之间发生的事，连保育员也没来得及阻止,可见她的动作多么敏捷。

久美说:"站在男孩的角度来看,对方根本不给自己说'没事儿吧?'或者'对不起啊'的机会,就打过来了。简直就像是野生动物。美由一遇到什么对自己不利的事,就会产生一种强烈的反射。她说'因为不知道什么时候会被妈妈打,所以总是在腹部积蓄力量',我觉得她的自我保护意识非常敏锐,类似于一种天生的防卫本能。所以,她上幼儿园期间,我没少去别的孩子家登门道歉。"

"咬"这种行为也接近野生动物,当时美由经常这么干。有一天孩子们在幼儿园的院子里骑三轮车玩。美由也想骑,等着正在骑的孩子让给她。

骑三轮车的那个孩子来到美由身边时,美由突然一把抓住那个孩子的手臂,一口咬了上去。保育员大吃一惊,急忙跑过来想要拉开她,她却像狗一样咬住了不松口,一直咬到那个男孩的手臂出血。

关于当时的情况,久美推测道:"据说美由也没说'你骑一圈就换我好吗',什么都没说,只是默默地在那里等着。这样对方怎么会明白她的心思呢。但是,她心里一直在想'该我了,换我吧'。可是对方没有主动让给她,所以她的怒火一下子爆发了,瞬间就咬了上去。我觉得她当时心里肯定在想'为什么不让给我啊!'。"

阿薰和美由上同一家幼儿园,他看到了美由突然性情大变的样子,对久美说道:"我绝对不会和性情急躁的女人结婚。"

在幼儿园看到的另一幅光景也让久美难以忘怀。

"美由很喜欢运动,属于户外型孩子,但是怎么也学不会玩闪避球。幼儿园在家长参观日那天组织了一场亲子闪避球活动，但是游戏刚一开始，美由就发出了一声惨叫，抱着头蹲在地上，缩成一团瑟瑟发抖。"

回到家中，等美由情绪平复下来以后，久美问了一下原因。美由说："玩闪避球的时候，老师和那些妈妈都是一副很凶的样子，像蛇一样袭击我。"

在高高举起球的时候，大人的表情确实不算和颜悦色。她们的表情和抢球的动作让美由联想到了什么呢？久美说："我觉得可能和她妈妈打她时的形象一样。"美由颤抖着说："妈妈就是一条蛇。"

在家长参观日的温馨祥和的场景中，关于"化身为蛇的妈妈"的记忆瞬间苏醒了。美由以前到底有过什么样的痛苦经历呢？

在和美由一起生活的过程中，久美曾多次目睹美由封闭情绪的场面。

"有时候她的动作敏捷得令人难以置信，有时候又精神恍惚，叫她也不回应。一旦因为什么事被批评，她就会封闭情绪，仿佛电脑死机了一般，面无表情地一站好几个小时。她通过这种方式让记忆消散，即使被批评了她也记不住。所以，她总是犯同样的错误。这就叫'解离症'。"

久美明确地说这叫"解离症"。

所谓"解离症"，是指大脑虽然没有受到器质性损伤，却由于自我认同的混乱导致的记忆或认知功能崩解的现象。

例如，记忆消散；清醒过来时发现自己在完全陌生的地方；

失去某个年龄段的记忆；为大家所熟知的临床表现有多重人格，即存在两个以上人格。这些表现统称为"解离症"。

杉山登志郎医生基于在爱知儿科的临床经验，指出遭受过虐待的孩子往往容易出现解离症。

"我觉得如果没有治疗过解离性障碍，就不会明白它多么可怕。举个例子，我有一个患者，大约每两周给他治疗一次，持续了一年时间。有一次我把姓名卡遮住，问他我是谁，结果他不知道我的名字。给他做心理治疗的心理医生也一样，把姓名卡遮住的话，他就想不起来对方的名字。那孩子智力没有问题呀。"

明明在一年的治疗过程中已经建立了信任关系，可是……

"他们很容易忘事儿。正午过后来看病，却想不起来上午的课程表，也不记得早上吃过什么。因为（受虐儿童）总是活在某个瞬间里。受到虐待以后，他们就会切断记忆，活在记忆的碎片中。顺便说一句，那个孩子经过治疗后，如今在普通班就读，过着正常的生活。"

为了消除被虐待的痛苦记忆，他们会关掉情绪的开关活下去。也许美由也是从婴儿时期起就学会了这项技能。

还在上幼儿园的时候，有一天，美由对久美说："我白天也可以做梦哦。"

例如在幼儿园吃饭的时间。对于极度偏食的美由来说，吃饭是被逼做自己不喜欢的事情的时间。不只是美由，很多受虐儿童都存在极度偏食的现象。那是因为他们以前从未吃过的东西太多了。

在横山家的餐桌上，无论吃咖喱饭还是什锦寿司饭，美由都会把食材逐一挑出来确认。

"这是什么？"

"那是胡萝卜啊。"

"胡萝卜是什么啊？我吃不下。"

在家里都是这种情形，所以在幼儿园吃饭对于美由来说是很难熬的时间。每次听到保育员说"尽量吃了吧"，她就关掉情绪的开关，"开始做梦"。

"一遇到不喜欢的事情，我就会做梦。这样我就会看到凯蒂猫和双子星Kiki、Lala，他们会给我讲故事。所以老师生气的时候，我一直在和凯蒂猫聊天。"

美由说："我不害怕白天的妖怪，因为我总能在梦里看到他们。有Kiki、Lala，还有凯蒂猫。"

那么，晚上怎么样呢？

来到横山家以后，美由晚上也曾多次在噩梦中呻吟。

"哇啊！呜啊！呜呜——"

她仿佛从骨子里竭尽全力发出了咆哮，久美被惊醒，爬起来奔向她身边。

"美由，你没事儿吧？不用怕了，没事儿哈。"

她先把美由叫醒，抚摸着她的身体，在她耳边温柔地说"不要紧，没事儿"。然后抱紧她，摩挲着她的背，反复说"已经没事儿了哈"。久美必须这样做，因为美由极为恐惧，在她怀里不停地颤抖。那段日子美由甚至不敢入睡，因为梦境过于可怕。

到了早上，等她情绪稳定下来的时候，久美问她做了什么梦。

"美由，你做了可怕的梦吗？"

"我听到了声音，很可怕的声音。妈妈说'我要把你送走！

你不能在这里获得幸福。我要让你变得不幸！像你这种孩子不够格。我要弄死你！'……"

那是她生母的声音。

还有这样的夜晚。美由激烈地呻吟，久美抱起她的那一瞬间，她紧紧抓住久美，抽抽搭搭地哭了起来。

"我会被带到妖怪家里去。"

美由在梦中一直受到威胁。

"你不是这个家的孩子，你是妖怪家的孩子，回来吧！"

由于恐惧，美由颤抖不止。

"妈妈，我会被带回去。我怕，我怕，我好怕！"

久美在诊室里讲了这件事，医生给开了安眠药和停止幻听的药，然后对美由说："你听到的是妖怪的声音，妖怪的声音对你不起任何作用，所以不用担心。"

妈妈的"可怕的声音"就是幻听，美由即使开始服药以后，很长一段时间还是饱受其折磨。

美由的幻听被称为"解离性幻觉"。

关于解离症的临床表现，杉山医生在他的著作《虐待造成的第四种发育障碍》中解释如下：

"解离症的临床表现主要有缺失现实感（感觉事物不真实、很痛苦的现象）、被影响体验（仿佛被什么东西操纵的感觉）、解离性幻觉（看到妖怪，或者听到妖怪的声音）、恍惚体验（陷入忘我状态的现象）、切换人格状态（一个人身上出现不同人格的现象）、开关行动（将开关切换到与平时不同的状态的现象）、解离性思考障碍（受心里的妖怪等的声音影响、思维混乱）等。"

杉山医生指出，在爱知儿科被诊断为"解离性障碍"的孩子当中，八成都是受过虐待的孩子。

那些孩子在医生面前的表现怎么样呢？解离症具体指的是什么样的症状呢？

爱知儿科的新井康祥医生这样说道："只是发脾气、胡闹的状态下，也能看出来解离症的症状。"

听他这么一说，我记得久美说过，美由也会突然发火。

新井医生继续说道："等孩子平静下来，问起他们这件事（发脾气的事）时，他们会说'不知道''不记得'之前发生的事。孩子们的情况各不相同，有的孩子具备截然不同的人格，有的孩子只是丧失了那部分记忆。我们把人格分离的情况叫做'解离性身份认同障碍'。以前叫多重人格。另外还有别的症状，比如缺乏真实的存在感，'觉得自己好像不是自己'；自己到了某个地方后，不明白自己为什么会在那里（迷游）。"

我原以为"解离症"这种病只是电视剧里的故事，但是在来"虐待门诊"看病的孩子身上却很"常见"，而且久美亲口对我讲述的美由的情况也属于这种病。

我没有余力深入了解专业领域的知识，就想问一下，为什么人会患解离症？

新井医生告诉我，关于发生解离性身份认同障碍的原因，有两种说法。

"小婴儿的情绪会突然发生变化对吧？"

这一点我可以理解。前一秒钟还在扯着嗓门大哭呢，转眼间又恢复了天真烂漫的笑容。让人不禁怀疑，刚刚他哭得撕心裂肺的情景是不是真的。

"刚刚还在哭，转眼又笑了；刚刚还在笑，转眼就哭了。随着人的成长，会逐渐形成统一的人格，在这个关键时期，特别是幼儿期，如果遭到性虐待之类的严重伤害，就会形成分散的人格。除了平时显露在外的主人格，还有背负着精神创伤记忆和痛苦记忆的人格，相反还有发展为复仇或自残的攻击性人格。当患者无法承受精神创伤时，有时候其他人格会中途取代主人格。"

人是活在一个个瞬间里的，获得连续的记忆就是成长。既然如此，虐待肯定就是阻碍人健康成长的因素。

那么，另一种说法是什么？

"每当有了痛苦的经历，就将其封闭到一个个人格当中，并剥离开来。打个比方，就像是揭开烂掉的洋葱皮一样。不过，随着治疗的进展，又会一片片回来。然后，那个孩子的人性也会变得更厚重。"

封闭到一个个人格当中——这是为了防御。既然现实如此让人难以忍受……现实过于残酷，让人不得不在现实面前筑一道墙，将自己封闭起来，只有这样才能活下去，估计这也是事实。

"问题在于是否能感受到悲伤或者痛苦之类的情绪。缺乏这类情绪也是受虐儿童的特征。"

无论一个人是否主动去感受，这种情绪都不是可以自由选择的，而是自然而然地产生的。所以我们只能说"感受"。然而，那些受虐儿童……

新井医生继续说道："当遇到令患者悲伤的事时，一旦感受到'悲伤'，与悲伤相关的外伤记忆（精神创伤）就会闪回。一感觉到可怕，那些可怕的过往就会一涌而出。这是令患者感到痛苦的事，而且，如果把恐惧之类的情绪表现在脸上，就会进一步

不知道自己生日的女孩　23

惹怒对方。因此，他们就把所有情绪全都封闭起来，只剩下浅薄的'笑嘻嘻'的人格。他们通过这种方式保护自己。"

解离症是一种防御方式。挨打是一种痛苦的经历，尽量"不去感受"它，将其从自身剥离开的话，疼痛和痛苦的程度也会减轻。美由也是通过"化身为一堵墙"，尽量不去感受，才咬牙挺过来的。

美由满 4 岁的那年夏天，幼儿园给横山家打来了电话。

"是这样的，美由小朋友把金鱼放进了她的鞋柜……"

发生了什么事？她做了什么？久美带着半信半疑的心情去了幼儿园。

据说事情的开端是"虫子"。

美由把西瓜虫和蝗虫等装进盒子，放进了鞋柜里。被发现时虫子都风干了。风干的虫子被发现数次之后，这次轮到金鱼了。毕竟金鱼是大家的宠物，幼儿园方面觉得情况不妙，决定联系家长。

美由从鱼缸里捞出金鱼，在吃饭时发的布丁容器中装了一点水，把金鱼放进去，塞到了自己的鞋柜里。碰巧保育员看到了这一幕，觉得此事非同小可。幸好，金鱼还活着。

"我希望他们第一次发现虫子时就联系我。"

这是久美内心的真实想法。因为后来被美由关起来的生物越来越大。

美由实施这一系列行为的现场，没有被任何一位保育员看到。

此时，保育员给久美看了一幅美由画的画。

"最近，美由小朋友经常画自己被关进笼子里的画。我们这些职员也在议论，这幅画是不是有点儿奇怪……"

画纸的下方有一个类似狗窝的小小的铁笼子，里面关着两个小孩儿。笼子外面站着一个大人，挥舞着棍子。那个人的脸被黑色蜡笔涂得面目全非。然后，远处有一栋小房子……

据说当初刚来到横山家时，美由画的人物画，一律用蜡笔把整个面部涂成黑色。看到这幅画的那一瞬间，久美心想，画中被关着的两个孩子是美由和她哥哥祐树。手持棍子威吓他们的大人自然是她妈妈。

"看到那幅画，我心里想，美由脑子里一直有一种自己被关着的印象。因为她妈妈在家的时候，她一直紧贴着墙，大气都不敢喘。"

久美的脑海中倏地浮现出在某本书上看过的一个词。

情景再现。难道说美由现在开始要自己关押某些生物吗？

没过多久，早纪在房间里饲养的蝾螈消失了。早纪和美由都是女孩子，两人住一间房。

"糟了，糟了，不见了！我的蝾螈不见了！"

早纪抽抽搭搭地哭着大声喊道，家里顿时乱成一团。久美也和她一起到处寻找，但是找不到。

会不会是美由干的？不，不会的。

久美说"当时根本没想到是美由干的"。可是，万一呢？说不定呢？这种念头一直挥之不去。

"美由，不好意思啊。说不定蝾螈跑到你这里来了，让我在你这里找一找吧。"

久美打开美由的收纳箱，一个装乳酸菌的空瓶子映入眼帘。

不知道自己生日的女孩　25

拿到手上一看，里面有一点水，蝶螈就在那里。早纪瞬间发出了尖叫声。

"这算什么呀？我讨厌美由了，不想和她住一间屋子了！"

蝶螈还活着，这让久美心里的一块大石头落了地。万一死掉了的话……光是想一想就觉得脊背发凉。

"美由，你为什么要这样做呀？"

久美柔声细语地询问她。然而，美由一个劲儿地摇头。

"我不知道啊。为什么这个东西会在这里啊？"

这是典型的解离症。

以前美由也曾拿过早纪的吊坠，趁着这次蝶螈事件，久美把她俩分到了不同的房间。

横山家的客厅里有一张长方形的大桌子，既是大家的饭桌，也是孩子们的学习桌，还是大人和孩子一起喝着饮料聊天休息的场所。

不过，孩子们大多数时间都是一屁股坐在电视前的地板上，着迷地看动画片或者录像。

有一次，久美和辅助人员正围着桌子喝茶休息，美由带着一副茫然若失的表情从他们眼前走了过去。

她双手捧着一个装人造黄油的空盒子，朝着自己放宝贝的区角走去。久美立刻叫住她："美由，你手里拿的是什么？"

久美接过来那个空盒子，听到里面有窸窸窣窣的声响。打开一看，里面有一只仓鼠，下面垫着纸巾。久美吓得浑身一哆嗦。

"美由，这到底是怎么回事？你为什么要这么做？"

美由一下子回过神来，看到久美吃惊的表情，她用哭腔小声说道："妈妈，我不知道，真的不知道。"

无论问她什么，都是回答"不知道"。

久美叮嘱早纪要及时锁门，当时也是发自内心地庆幸仓鼠还活着。久美咬了一下嘴唇说："因为如果仓鼠死了，美由和早纪的关系就没办法修复了。"

久美对美由的主治医师说："她甚至开始对仓鼠动手了。"

"那有些不妙啊。"

主治医师换了更强效的药，不只是抑制幻听的药，还开了抑制幻视的药。

美由努力地主动按时吃药，估计是因为她意识到"这是不对的"，心里产生了"想要治好"的念头。

这次美由自己也明白了，把仓鼠关起来的人是自己。姐姐在哭，妈妈看上去也很难过……两人悲伤的样子给美由的内心留下了什么样的波澜呢？

久美和声和气地对美由说："动物的生命很宝贵，重要的家人那样对待它的话，大家都会很伤心的。爸爸妈妈和幸生哥哥，还有早纪姐姐都是，阿薰弟弟也是同样的心情。"

美由下定决心，"要吃药，要和病魔作斗争"。

从那时候起，久美逐渐发现美由的情绪开始稳定下来了。

然而，令人担心的事不止如此。升入小学以后，美由经常拿回来朋友的东西。

小学二年级那年冬天，他们一家人和辅助人员一起去旅行，在温泉酒店住两个晚上。

入住酒店后，第二天下午，大家一起在房间里玩扑克牌的时候，美由说道："妈妈，我可以到楼下商店看看吗？"

"可以啊，你要是发现想要的东西，就来告诉我哈。"

"好的！"

过了一会儿，美由回到了房间里，她双眼无神，一副精神恍惚的样子。久美一看就知道她的解离症又发作了。

美由似乎在手里藏着什么东西，跑到被炉的另一侧，发出窸窸窣窣的声响。

久美觉得有些奇怪，就问了美由一句，结果她吓了一跳，身体哆嗦了一下。她手上拿着大约十个钥匙圈和挂件，而且都是龙呀剑之类的饰物，一般女孩都不喜欢。

问她怎么回事，她回答说"不知不觉就拿来了"。

爸爸泰郎陪着美由一起去商店，道歉之后付款买下了那些商品。然后问她为什么会这样。

美由一点一点地说出了事情的经过。

"一开始，我在那里挑自己喜欢的东西，结果听到了一个声音……"

原来美由独自在商店和那个"声音"做过斗争。

"拿走吧！这个也不错，那个也挺好的。拿走吧，赶紧拿走吧，拿起来！"

"那可不行啊，我不愿意拿。"

"不听我的话就弄死你！你不害怕后果吗？"

"不要！"

"弄死你！"

"不要！"

"弄死你，弄死你！"

后来发生的事，她就完全不记得了。

主治医师听说此事后，认为"需要进一步抑制幻听"，于是开了效力更强的药。

后来，根据美由和她哥哥祐树的讲述推测，他们的生母似乎曾强迫他们俩在便利店等地方偷东西。妈妈让兄妹俩自己进店，让他们拿一些东西出来，那些行为似乎都是家常便饭。在他们的母亲看来，即使被发现了，也可以当作孩子不懂事，说声"对不起"就行了。

据说祐树对他的养父母说过这样的话："在我的心里，住着一个警察和一个小偷。小偷让我拿，警察说不行。他们总是在我心里打架。"

兄妹二人当时并不觉得这种行为是错误的。他们分别被接到养父母家中以后，才知道不可以偷东西。

久美心想，难怪当美由和早纪住在一个房间时，早纪的宝贝经常消失，一找必定在美由的百宝箱里。这种事时有发生。

久美说："我估计她妈妈逼她偷东西的时候并没有说过'弄死你'这样的话。我觉得是她良心发现以后，内心产生了矛盾斗争。可是，我们再怎么跟她说'不能这样做'，她还是会拿别人的东西。这种情况持续了好几年。"

学校方面也认为随便拿走朋友的铅笔和橡皮是个问题，一问美由为什么那样做，她这样解释道："我一觉得它们好看，就听到一个声音：'拿走吧，趁现在！'后来我就什么都不知道了。"

然后，不知什么时候，朋友的铅笔就装进了自己的文具盒。

于是，久美跟班主任商量了一下，决定让美由准备一个"携带物品笔记本"。目的是每天检查一下是否混入了别人的东西。

另外，久美决定等美由放学回来后每天一起"打妖怪"。母女二人一起大声喊："我不会输给妖怪的！美由很努力！美由不是坏孩子！妖怪滚出去！"

"妖怪"最近也出现过。她只是觉得朋友的贴纸书有点可爱，就听到了那个声音。

"趁现在，拿走吧！"

"不要！"

"你是坏孩子，去死吧！"

"我不是坏孩子！"

在二年级学生的教室里，美由独自一人和"妖怪"作斗争。她努力反抗那个声音，拼命忍住想要拿走贴纸书的冲动。回到家以后，母女二人每天都要喊好几遍："太棒了！美由很努力！美由不是坏孩子！"

从那以后过了两三周，美由告诉久美，说听不到"妖怪"的声音了。打那天起，她再也没有偷过东西。

升入三年级以后，班主任对久美说："这个携带物品笔记本已经不需要了。因为她已经变成一个正常的孩子，不再需要这样的笔记本了。"

久美坚信，当时拼命和"妖怪"作斗争，给美由带来了很大自信。

"美由睡觉的时候还是有些不安，所以经常趁大家都在客厅时入睡。但是，她一旦睡着，就会睡得很熟，所以催她去床上睡的话，她就能一觉睡到早上。也不再做噩梦了。"

我去横山家采访那天，晚上的主菜是咸甜口味的猪肉炒粉丝，里面放了很多青椒，小菜是土豆沙拉和腌海带拌卷心菜，还有猪肉酱汤。

"看看这些青椒，一包20个，才200日元！祥子女士，你能帮我把这个切成丝吗？"

在久美的指挥下，我开始帮忙做菜。据说平时是久美一个人做饭。一方面是因为辅助人员都很年轻，另一方面，她觉得"我做饭的时候，让他们帮忙照看孩子会更好"。她干活很利索，很快就做好了主菜和两样小菜，她说"平时都是这样，一点都不觉得累"。

一顿饭用20个青椒，这可能还是第一次。我把菜板拿到餐桌上，只顾埋头切青椒。美由在旁边用彩色铅笔绘制四格漫画，发出沙沙的声响。

眼前的这个女孩有些早熟，她身材瘦小纤细，长长的头发绑成了一条马尾辫，一点儿都看不出来她曾经和那些苦难斗争了好几年。她性格恬静，有些害羞，又充满了好奇心，而且她总是沉着冷静地帮忙照看后来来到横山家的小家伙们，是个可靠的姐姐。

"她现在是一个完全正常的孩子。来我家的时候都4岁了，还不会画圆形和三角形。我还以为是自闭症呢，其实不是，她有了自信以后，学习方面的能力也提高了，现在正专心致志地学习她特别喜欢的钢琴和画画。"

升入三年级以后，美由开始在自己的房间里建"房子"。一开始是用纸箱做，最近把衣柜里的东西清出去，建造了一个一块榻榻米大小的房子。她随意摆放自己喜欢的小东西、宝贝和布偶，装上喜欢的布料做成的窗帘，设计房间的布局。据说她最近沉迷于建造"属于自己的房子"。

久美对于美由的评价是这样的："她现在不受任何束缚，自由自在、随心所欲地生活。房子很可爱，符合她的风格。我觉得她是通过这种方式来确认自己的自由意志。她过去一直受她妈妈的束缚，因为她说，妈妈在家的时候，她都不敢睡觉，只能靠墙站着。"

最后，久美这样说道："医生说，光靠医疗治不好受虐儿童的心理创伤。据说没有合适的安身之处的话很难治疗，不过我觉得美由已经在这里找到安身之处了。"

最近，美由曾问过久美这样的问题。

"爸爸和妈妈也会吵架吗？"

"那肯定会吵啊。"

"啊？那，会不会拿菜刀或者剪刀啥的？"

"这孩子说什么呐，不会啦。"

"太好了！"

她的表情一下子有了神采，脸上露出了顽皮的笑容。两人情不自禁地捧腹大笑。像世间所有的母女一样，两人之间有了属于自己的秘密。

第二章

雅人
——躲在窗帘后面的男孩

从小山丘上放眼望去，是一望无际的大海。

家人之家"大家的泽井家"就坐落在近海的小村庄中。那是一栋两层的典型日式木结构小楼，感觉像极了我幼时熟悉的环境，令人十分怀念。最先映入眼帘的是檐廊，让人感觉身心舒畅，紧邻檐廊的是一间供儿童玩耍的和式房间。

房檐下晾满了小孩子的衣服，从蓝色、藏青、灰色等衣服的颜色，可以看出这个家里男孩子比较多。

现在，泽井家中寄养着 5 个孩子，全都是男孩，其中 4 人在读小学，一人在上保育园。另外，家里还住着泽井夫妇的 2 名亲生子女，女儿读初二，二儿子上高一。他们的大儿子在一年前考上大学，离开了家。

"每天得洗三回衣服，要不然可赶不上换洗哩。"

这个大家庭的妈妈泽井友纪（49 岁）察觉到了我的惊讶，如此说道。

如此大量又琐碎的换洗衣物在泽井家是再自然不过的光景。

友纪的脸晒得黝黑，她咯咯笑着。一看她就是个性格直爽的人，让人觉得，无论何时何地，她肯定都会保持这种状态。友纪身上自然而然地散发出一种温情，像是一位胸怀宽广的"万能妈妈"。她身材苗条，才 40 多岁，还很年轻。

我前去拜访时，正好赶上吃午餐的时候。

"本来我也想过准备点特别的食物，但后来又觉得和平常一样也行吧……这是昨天剩下的饭菜。"

厨房里香气弥漫，啊，是寿喜烧①！

往剩下的寿喜烧中添些乌冬面，开火咕嘟咕嘟地炖着，再浇上蛋液，这就是中午的伙食。浅尝一口，美味极了，让人根本停不下筷子。煮好的乌冬面味道偏甜，妙不可言，有些熟悉的口感，令人感到安心。看来"万能妈妈"的厨艺也是一绝。

话说回来，这里田地广袤无垠，村民们零零星星地散居在古老的村子里，在这种环境里成立"家人之家"，收养没有血缘关系且经历各异的孩子，难免让人生出几分担忧，担心它游离于周围环境之外，忧心它同村子格格不入。

但实际上，泽井家的房门口经常放着邻居送来的蔬菜，有的孩子刚来这儿时不小心迷路了，村民们就会将其送回来，感慨道"这又是新来的孩子啊"。就这样，孩子们每天都在大家的关爱中成长着。

这固然是因为在这片土地上，传统社会的互助关系没有消失，但最为重要的是，泽井夫妇的生活方式在这里得到了大家的认可。

友纪的丈夫哲夫（66岁）家世世代代在当地做工匠。他们雇用了少管所和看守所出来的青少年，让他们住在家里。以此为契机，泽井家逐渐成为收留各种孩子成长的地方。我听友纪说，"周围的阿姨们都很疼爱这些小男孩"。一来二去，便有了如今的泽井家。现在泽井家主要收养的对象变为遭受虐待的幼儿和需要

---

① 日式牛肉火锅。

暂时救助的婴儿，他们觉得这是一种"自然的转变"，周围的人也没有感到有什么奇怪的。

"但是呢，"友纪回忆道，"我们最开始收养的可净是些调皮捣蛋的孩子。我曾经去少年监狱探视过，那些孩子虽然会在墙上打洞、胡闹，但他们都很直爽，相处起来很愉快。当初我对虐待可是一无所知啊！"

是的，在雅人到来之前，泽井家与虐待二字不沾边儿。

2007年10月，友纪驱车从海边的村庄前往当地城市里的儿童庇护所下属的临时保护所。那里离她平常生活的圈子很远，走高速单程便要花一个小时左右。

起因是儿童庇护所打来的一通电话，负责对接泽井家的儿童福利司说道："事情是这样的，有对兄妹遭受了母亲的虐待，因此我们对两个孩子提供了救助。现在妹妹的去处已经定下来了，可哥哥还待在临时保护所里，能否麻烦您收留一下他呢？"

友纪询问那个男孩的情况，儿童福利司只用了一个词来形容他，说他是个"奇怪的孩子"。友纪去见了见男孩。

"其实去临时保护所的时候，我便决定接管那孩子了。迄今为止，我收养孩子的时候从来都没有挑选过，儿童庇护所出面委托我，只要没有极特殊的情况，我都不会拒绝接收的。哪能对孩子挑挑拣拣呢？"

友纪手握方向盘，沿着和两周前相同的路线行驶，她想起了初次见面时的雅人。

他确实是个奇怪的孩子。

临时保护所可以说是个封闭的空间，友纪觉得与其称之为保

不知道自己生日的女孩　37

育园,它更像是一家小医院。外面有铁将军把守,走廊两侧各有一排房间,孩子们在大厅和院子里玩耍。

那个男孩独自待在一楼尽头的大厅里。

保育员向男孩介绍友纪,唤道:"小雅(对雅人的昵称),这位是泽井太太,是特地来看你的哦。"

男孩吓了一跳,抬起头,却不肯与她对视,目光涣散,机械地说:"我叫木下雅人。"

木下雅人5岁,上幼儿园大班。

据说当时他和母亲、姐姐、妹妹四个人一起生活,由于遭受母亲的虐待,他曾多次往返于临时保护所和家之间。母亲每次对他施暴,他便被救助到临时保护所,随后母亲承诺绝不再犯,他就又回到家中,这样的情况一直反复上演。

最终儿童庇护所判定"家庭抚养存在困难",于是探询泽井家是否愿意收养。

友纪对他的第一印象是,这孩子长得很可爱,但是不肯和人对视。

心里正这么琢磨着,雅人突然绕到她身后,爬上了她的背。他突然间要做什么呢?原来他是想站在友纪的肩上。

"我都吓坏了!吓得我坐在那里不敢动,把身体缩成一团。虽然他才5岁,但是长得挺高的。"

雅人不停地对坐着的友纪大喊大叫。

"他一直对我说'站起来!站起来!',他声音本来是干巴巴的,有些沙哑,可是语气十分坚定,是命令的口吻,一副不可一世的样子……"

哦,这孩子从知道我来看他时便觉得自己随便做什么都行——这是友纪的直觉。

雅人闹够了,他发现友纪不按他说的做,便迅速离开,不再靠近她。仿佛对一切事物都不再感兴趣了。

这孩子,只要旁人不听他的话,他便不理旁人了。

这也是友纪的直觉。

在那之后,即使保育员喊他"小雅,去散步吧",他也毫无反应。友纪感觉他绝对不会去散步,这种意志似乎很坚定。

"小雅,下次再和我一块散步吧。"

正当友纪随口招呼他的时候,他突然大喊道:"给我、薯条杯(JagaRico)!"

薯条杯?他说的是那个小零食吗?

友纪瞬间脱口而出道:"比起薯条杯,我更喜欢薯条先生(Jagabee)呢。"

"我喜欢沙拉味儿的薯条杯。"

啊!终于能和他对话了!友纪这下总算稍稍放心了。

"下次我来看你的时候,咱们一块去散步,吃薯条杯怎么样?"

友纪再次尝试跟雅人搭话,可他早已回到自己的小世界中去了,只是嘴里一个劲儿地念叨着"薯条杯!薯条杯!薯条杯……"。

难道说他只是对自己感兴趣的事情产生了反应而已吗?又或者是提出了一个要求?要想带他去散步的话,就得给他买薯条杯吗?……总之,能和他进行交流了,友纪也就放心地踏上了归程。

第二次见面时,友纪特意在包里放了沙拉味的薯条杯,想着

不知道自己生日的女孩　　39

带雅人去散步的时候给他吃。

那天，雅人正在院子里玩。那儿有一个小土堆，他独自默默地在找什么东西。友纪走到他身旁，对他说："小雅，我是泽井阿姨哦。我们去散步、吃薯条杯好吗？"

雅人虽然听到了友纪的话，却看都不看她一眼。既没有打招呼叫"泽井阿姨"，也根本不打算理睬她。他把"薯条杯"这件事也给忘了。

他只说了一句话："刚才有只青蛙。"

友纪观察了一下他的情况才逐渐明白是怎么回事，好像刚才有只青蛙，他却找不到了，所以他很生气，就不找青蛙了，而是在找石头。他找了很长时间，一直默默地寻找类似的石头。

原来这孩子可以很长时间都对同一件事保持着兴趣，不改变自己的想法。

虽然友纪有点佩服地看着他，但和他搭话他也没反应，对"薯条杯"也全然不感兴趣的样子。友纪便只好"黯然神伤"地回去了。

第三次和雅人见面安排在了友纪的家里。雅人即将成为"泽井家"的孩子。

"我回来啦！"

玄关处传来一个男孩的声音。

友纪告诉我："这就是我们正在谈论的雅人。"

"妈妈，你听我说……"雅人说着走进客厅，被我这个不速之客吓了一跳，胆怯地后退了几步。

他个子很高，显得书包有点小，完全不像是五年级的小学生。的确和友纪所说的第一印象那样,他长得很可爱。他戴着一副眼镜,给人一种理性智慧的感觉。虽然个子高,但由于长得瘦,他给人的印象是略显孱弱。

友纪介绍说:"这是妈妈的朋友,黑川阿姨。"

我便向雅人打招呼说:"你好,打扰了,请多关照。"雅人有些惊慌失措,却与我对视了一眼,用沙哑的声音寒暄道:"你好。"

之后便慌慌张张地逃(?)进了自己的房间。

访问泽井家时,我感受到的是孩子和大人之间的距离感。并排的三间日式房间的各个角落以及檐廊上摆着学习桌,那是孩子们各自的私人空间。他们共同使用的日式房间里有电视,大家可以一起看喜欢的节目或者打游戏。泽井家的孩子们不和大人一起玩,而是他们自己一起玩。有时他们还会跑到客厅来找友纪,问她要点心,或者告诉她在学校里发生的事。

在这期间,大人可以和大人交谈,而不是和孩子黏在一起,这种适当的距离感让人感到很舒服。

"毕竟孩子不就是在孩子们自己的小圈子里逐渐长大的嘛。现在我家光是男孩就有 5 个,算是正好吧。小雅年龄最大,所以是大哥哥。"

晚饭前一刻,友纪正在做饭,雅人将汉字作业在饭桌上摊开。

他的字写得很大,笔力强劲、字迹工整,与他那孱弱的外表形成了鲜明的对比。

"嗯……是什么来着?诶?想不起来了。"他一边敲着铅笔,一边认真地思考着。

"啊!我知道了,是这个。"

我看了一眼，他大部分题目都做出来了。一个个又粗又大的字，几乎要盖过格子，写得很用力。与其说是一丝不苟的文字，不如说是他使出浑身力气，不顾笔顺一笔一画地刻在纸上。

"小雅，做完之后把桌子擦一擦，把大家的餐具摆出来哈。"

"好的！"

今天的菜品包括孩子们喜欢吃的麻婆豆腐、用晒干的萝卜做的关东煮、山药丝、咸菜和味噌①汤。

两个很大的平底锅里装满了麻婆豆腐，考虑到小孩不能吃辣，味道偏甜。

雅人一边转来转去地擦桌子，嘴里还一直絮絮叨叨地说着："妈妈，你听我说，今天在学校……"所以，你看，本来安排他做两件事，他却只做了一件。

读小学二年级的敦也正在替雅人"把大家的餐具摆出来"。

"小敦真棒！会主动帮忙干活了。"

我这么一夸敦也，他便不好意思地笑了。上保育园的小朋友阿进也从冰箱里拿出来调味料，摆在桌子上。

在泽井家，孩子们虽然年龄还小，却都是干家务的"好帮手"。不过，这在普通家庭中也是"理所应当"的事。

读小学一年级的文人帮忙把酱汤端到我面前，笑眯眯地递给了我。他身材瘦小纤弱，几乎看不出是一年级学生。三年级的阿有用水壶给大家的杯子里倒上了大麦茶。然后，大家就一起双手合十说"我要开动啦"。

爸爸哲夫独自坐在旁边的被炉前，边看电视边吃饭。

---

① 以黄豆为主原料发酵而成的酱。

"不好意思，今天的麻婆豆腐可能有点辣。"

虽然友纪这样说，但上保育园的阿进和小学低年级的敦也都已经浇了很多麻婆豆腐在白米饭上，大口大口地吃得很香。麻婆豆腐滑嫩浓稠、肉酱鲜美，非常下饭。然后，孩子们咕噜咕噜地喝着味噌汤，看上去很好喝的样子。泽井家的孩子们都很喜欢味噌汤，这让我有点吃惊。因为现在就连"普通"家庭，也有很多人都不做味噌汤了。

只有雅人根本不碰麻婆豆腐，而且滔滔不绝地说个不停。

"反正在学校里，我老是被人欺负，所以，我已经怎么样都无所谓了，我还是死了算了。"

他就这样波澜不惊地说着颓废的话，没完没了。

"小雅啊，不可以说那种话。妈妈觉得你很重要，所以绝对不能说想死之类的话。你的朋友也不希望你死，所以你没必要那样想呀。"

友纪听了雅人的话，正在耐心地开导他。而她读初二的亲生女儿裕美对我说道："他老是那个样子，不用在意。"

是吗，原来老是那样啊。

裕美一边说着话，一边给小朋友夹菜。"阿进，小心！会洒出来的。"她总是不动声色地照顾小弟弟吃饭。这也是泽井家的日常生活。

读高一的二儿子健太结束了社团活动，回到家后，自己吃完了饭，就对孩子们说"该洗澡啦"。小朋友们看起来都很高兴。

为了让友纪听到，健太故意大声地自言自语道："我一个人要给5个人洗，太累了！"

虽然嘴上抱怨着，他还是给所有孩子都洗完了。

然后，每个孩子都钻进各自的被窝，进入了梦乡。

孩子们入睡之后，友纪嘀咕了一句"搞砸了"。

"我不是当着小雅的面说了句'有点辣'嘛。话一出口我就想糟了。所以啊，你看那小子一口都不吃吧。其实他明明很喜欢吃麻婆豆腐的。他很顽固，一点都不懂变通，一旦他认定一件事，别人怎么说都白搭。他心中还有一些奇怪的执念呀。反正就是好麻烦。"

如今她能笑呵呵地说"好麻烦"了。然而雅人刚来到泽井家的那段日子，对于友纪来说，是不得不正面应对受虐后遗症的时光。

"好奇怪呀，虽然养过调皮的孩子，可我还是第一次见到这么奇怪的人。我到底该怎么办呢？"

2007年10月中旬，雅人来到家里的那天晚上，友纪在被窝里苦思冥想。白天雅人一语未发，到了深夜却反复喊了几十次毫无意义的话，片刻都没有安睡。

分管雅人的儿童福利司把他带到了泽井家。友纪已经记不清当时自己是如何迎接的了。按照自己的性格，应该是笑脸相迎吧。可能说了"从今天开始这里就是你的家了，好好相处吧"之类的话。不过，友纪努力回忆道，也不知道雅人是不是听懂了那句话。

因为他一句话也没说，虽然来到了今后将要生活的家，他却依然面无表情，别说回答问话了，连个招呼都没有打。

友纪清楚地记得，他一下子就跑到隔壁的日式房间去了。她急忙跟在后面，结果他钻到靠近檐廊的窗帘后面，躲在那捆扎在一起的厚厚的褶皱里。

这孩子竟然躲进了窗帘后面。

友纪不仅没想到他会躲在窗帘后面，而且是第一次知道窗帘可以成为逃避现实的地方。

友纪拿他没办法，暂时就由他去了。

过了没多久，当时还是初中生和小学生的亲生儿子们回来了。

"妈妈，今天新来了个孩子是吧，他在哪里啊？"

友纪只好指着窗帘说："那里。"

哥哥们有些惊讶，一边想着"不会吧"，一边掀开了窗帘，就这样见到了雅人，说了一句："这孩子真可爱啊。"

然后，他们就开始做自己的作业了。

结果雅人慢慢地从窗帘后面走出来，从自己的行李中拿出来一支铅笔，坐在哥哥们身边画起画来。别说跟哥哥们打招呼了，就连一个字也不肯说，只是闷着头画画。

"他画的是一幅鱼。嘴里有锯齿状的牙，也有眼睛、鳃、鳍，画得非常逼真。他画了一条又一条，整张纸都画满了。"

友纪远远地观察着，像是看到了不可思议的光景一样。

过了一会儿，附近一位上了年纪的男性给泽井家送来了蔬菜。他指着初次见到的年幼的雅人，半开玩笑地对友纪说："怎么，你有孙子了？"

雅人对"孙子"这个词产生了反应。

"可能是打开了他嘴巴的开关吧。他似乎很喜欢'孙子'这个词，从那以后就一直重复'孙子、孙子、孙子……'这两个字。这种情况持续了好几天，一直说孙子、孙子、孙子。"

因为听儿童福利司说过雅人喜欢吃咖喱饭，所以当天就做了咖喱饭，他吃了。但是从第二天开始，友纪发现除了咖喱饭以外，他就只能吃白米饭、鱼粉拌紫菜和炸鸡了。

他是和友纪读初中的大儿子一起洗的澡。"雅人，要不要一起泡澡？"听到这样的邀请时，他竟然出乎意料地乖乖答应了。雅人很喜欢泡澡，从第一天开始就泡了很久。

该睡觉了。因为是第一天，友纪在自己的被褥旁边铺上了雅人的，打算陪他一起睡。但是雅人一下子就钻进了窗帘里。

友纪说："关灯之后房间变暗了，雅人突然就变得很兴奋。哎呀，真的太吵了。也不知道他把从哪里听来的句子记在了脑子里，躲在窗帘后面连喊'呀，呀'之类的莫名其妙的短句，几十遍甚至几百遍地喊。然后，也会发出一些类似'嘎、嘎'的高兴的声音。他自己说，自己回答，也不知道是高兴还是什么，反正就是一直发出'嘎、嘎！孙子、孙子、孙子……'这种声音。哪怕他爸爸说'吵死了，闭嘴！'，他也停不下来。不管谁出面制止，他都停不下来。我还是第一次遇到这种怪小孩。"

他不和别人对视，也不说话，就这样度过了一个星期。友纪心想他果然很怪，总觉得哪里有点不对劲。

雅人是个不会哭的孩子。即使跌倒了，或者从很高的地方摔下来跌到头也不哭。于是友纪找同为养父母的人咨询了一下。

"毕竟小孩子咬着嘴唇努力不哭出来是不正常的呀。不过，在小雅之后来我家的阿有、阿进和敦也都是这样。我当时咨询过的养父母说来他们家的孩子也不哭。我们两人那时为此很担心呢。"

那时友纪还不知道什么是"受虐后遗症"。雅人的肚子上有被利刃割伤的疤痕，而且没有经过缝合等处理，是那种自然愈合的伤口。他手上还有烫伤后留下的瘢痕疙瘩。

"对于疼痛的忍耐力很强。"
"不肯直视别人的眼睛，也不愿意被别人盯着看。"
"对自身、人际关系、人生都持有否定的想法。"
"顽固地坚持以往的模式，不会灵活思考。"
雅人身上的这些特征，被归纳为"依恋障碍"的症状。
这种"依恋障碍"可以说是几乎所有被虐待儿童都存在的问题。在考虑受虐儿童的"未来"时，必定会碰到这个问题，不得不从正面应对。
所谓"依恋"，是指婴儿与母亲等抚养者之间建立的情感关系。"依恋"这个词本身是我们在日常生活中经常使用的词语，表示对熟悉事物的难以割舍的思念等情感，但在心理学上，它指的是在幼儿期结束之前，孩子与抚养方之间形成的以母子关系为中心的情感联系。
我认为只要是养过孩子的人，回忆一下和宝宝在一起的时光就能理解这个问题。例如，如果你的宝宝哭了，那你就会看着他的表情问："怎么了？"你会一边抱着宝宝安慰说"乖哦乖哦"，一边抚摸他的背部来了解他的诉求，判断他是饿了还是尿布脏了，然后再抱起来说"这就给你吃奶哈"，或者打开尿布说"马上给你换干净的哈"。总之，消除造成婴儿不舒服的各种因素来让他变得心情愉悦，这就是抚养孩子的日常活动。
在这样的交流过程中，婴儿与抚养者之间会建立起一种"依恋关系"。实际上，据说这种"依恋关系"才是一个人成长的基础。

就这样，婴儿和妈妈度过了一段温馨的时光后，很快就会学会爬行以及扶着墙走路，逐步扩大自己的活动范围。但是，如果他突然感到不安，就会哭着回到妈妈的怀里。对于婴儿来说，世界充满了恐惧，但是他坚信随时可以回到妈妈的怀抱。在那里获得充足的安全感之后，他就会逐渐离开妈妈，独自一人也没关系了。即使他有时候会感到不安，但只要一想到妈妈就能消除这份不安。这样婴儿和妈妈之间就建立了"依恋关系"。人通过这种方式逐渐扩大自己的世界，这就是成长。

婴儿时期获得的"依恋关系"就是人际交往的基础，也是控制自己情绪的基础。相信他人、相信自己、相信世界，成长过程中的一切基础都建立在"依恋"之上。

据说人类所拥有的各种各样的情绪，如果没有依恋关系就不能形成。例如，悲伤这种情绪是在妈妈离开自己的时候产生的，骄傲和喜悦的情绪则是在受到妈妈夸奖时萌生的。

从这个意义上来说，依恋的形成是婴幼儿时期最重要的成长课题。

然而，在虐待中长大的孩子们往往会缺失与母亲之间的情感交流，那是需要在令他们感到安心的环境下完成的。

据说被虐待儿童身上的问题大多源于依恋关系尚未形成。光是从雅人夜晚的表现，就可以看出他与那种安心的环境没有半点关系。对于雅人来说，夜晚恐怕不是能够让他安然入睡的时间段。

像这样，一个人如果没能获得"人类成长的基础"，所形成的就是"依恋障碍"，这在精神医学领域被称为"反应性依恋障碍"。

东京福祉大学的名誉教授埃内西·澄子在其著作《无法爱孩子的母亲、拒绝母亲的孩子》中指出："刚出生的婴儿有两种需求，一种是'想变舒适'的身体需求，另一种是'想撒娇'的情感需求。如果这些需求持续被忽视的话，其大脑中感知他人情绪的部分就会停止发育，进而就会出现依恋障碍的症状。"

所谓依恋是关于被爱、被保护、被重视的记忆。因为随时都能回到母亲温暖的怀抱中，得到她的守护，所以才能相信自己，也相信别人。

因此，没有培养出依恋关系的孩子，往往无法与别人进行身体上的接触。对于那样的孩子来说，"被触摸"就等于被攻击。很多时候，只是被人从身后拍了拍肩膀，他们就会立马对那个人动手。一旦被触碰，就会激发被打的记忆，并在他们的大脑中不断闪现。

在爱知儿科住院的一名男孩无法和别人并排坐着。因为他没有和别人亲近的经验，所以对此只会感到恐惧。

举个例子，如果一个人有过受母亲保护的经历，或者有过因自我克制而被表扬的经历的话，即使实施暴力的冲动涌上心头，也能自行平息这种冲动吧。如果他心中浮现出了"妈妈"的形象，接着就会想到如果现在打人了，妈妈就会很伤心。为了不让阴云笼罩最喜欢的妈妈的笑容，他就会想放下举起的手。然而，大多数被虐待儿童都没有那种"妈妈"的印象。

而且，据说儿童在遭受虐待的情况下所产生的依恋是"负面"的。有的"依恋"也会对人产生负面作用。这可以说是一种扭曲的依恋。

前文中提到的杉山登志郎医生认为，不管以什么样的形式，如果孩子不和抚养者建立起依恋关系，就无法生存下去。孩子一直生活在受虐待的环境中，与抚养者之间建立的就是"虐待式关系"，这是对人产生负面作用的"依恋"。

举例来说，被虐待儿童所感受到的世界是这样的：

没有那让人安心的妈妈的怀抱，只有无人照管的冰冷的床；没有温柔的笑容，只有魔鬼般的表情和怒吼；一身酒气的爸爸、被打时的疼痛和恐惧、鲜血的味道和麻木的身体等。这就是被虐待儿童的日常生活，也是他们"熟悉的世界"，虽然令人感到悲哀，但这就是那些孩子所处的真实环境。

如果说与抚养者关联的记忆只有疼痛、麻木和怒吼，那么孩子就只能靠这种感觉活下去。这就是与施虐者之间形成的"扭曲的依恋"，即"虐待式关系"。

这样建立起来的虐待式关系会引发虐待的连锁反应。

例如，有的父亲既喜欢酗酒又有暴力倾向，女儿在这样的家庭环境中惴惴不安地长大，尽管她在心里发誓"以后绝对不会和父亲那样的男人结婚"，结果还是和父亲那样的男人在一起了，继续受到家庭暴力的侵害，甚至还会殴打自己的孩子……因为她所获得的生存基础即依恋只有暴力，别无其他。酒气熏天或者酒后狂暴的父亲才是她所"熟悉的世界"，在她长大成人之前，对于其他类型的人际关系和相处感觉一无所知。

雅人之所以晚上片刻都不肯安睡、精神总是保持高度紧张的状态，是因为在他和母亲一起度过的那些夜晚，这才是他所"熟悉的世界"。估计每天晚上雅人都是这样和母亲一起度过的吧。

雅人来一周了，他才 5 岁，晚上却一直不肯睡觉。友纪说："我都快要神经衰弱了。"

友纪万般无奈，于是翻出来一本关于自闭症的书。书中讲了让自闭症孩子理解指示的做法，她试着效仿了一下。

自闭症是一种先天性发育障碍，患者在社会交际方面存在障碍。抽象的"指示"对自闭症患者不起作用，但他们能够对具体而明确的直接指示作出反应。

"你看这儿，妈妈有话对你说。"

她把一根手指伸到雅人面前说："关了灯，就到睡觉时间了。"

或许她也需要提醒雅人"上厕所"这件事。

雅人自从来到泽井家以后，一直都不会问厕所的位置，每次都是尿湿裤子后再从自己的行李中翻出来衣服替换。

还需要提醒他"吃饭"。

至此，宁静的夜晚渐渐回归。雅人尿裤子的次数也少了很多，尽管吃饭的时候他会看着菜一直发呆，但和大家一起吃饭的时候，如果有白米饭和鱼粉拌紫菜他就会吃。

最让友纪感到困惑的问题是"死机"现象，上一章中的美由也有这种表现。她说，其实这是最可怕的事。

"我最怕的就是他僵在那里，一点儿反应都没有。我心想他为什么生气呢？为什么要僵住呢？我一看到他那样，就很生气。我感觉气血一下子就涌到头上来了。我心想他是不是有些小瞧我？因为在我以前接触过的孩子当中，没有像这样毫无反应的先例，所以我感到不安，怒火就蹿出来了。感觉好像内心的邪恶面被逼出来了。怒火噌的一下涌上心头,我很害怕自己会忍不住打他或踢他。我对此也无能为力,反正只要他陷入那种状态,我就选择和他保持距离。不过我真的无法容忍对方没有任何反应……"

后来,雅人的妹妹步美来过夜时,友纪目睹了步美"死机"后的样子,这才平息了对雅人的怒气。

"我拿出来一件衣服说'换上这件吧',可是步美似乎并不喜欢。那一瞬间,她就僵住了。一般人都会直接说'我不喜欢这件衣服'……她虽然还伸着腿坐在那里,但是眼神却已经变得空洞了,耳朵也听不见了,也没有思考。我就任由她那么呆呆地坐着了。结果,过了两个小时甚至两个半小时之后,她还是一动不动地坐在那里。即使小雅多次问她'小步,你没事吧'也没反应。哎呀,我觉得她真是太厉害了。不过,我这才真正明白过来,他们这样做并不是故意想让我着急。"

这属于"解离症"。

雅人和步美这对兄妹,也是通过这样"死机"的方式来保护自己,以免遭到母亲那狂风暴雨般的暴力侵害。

雅人来了两周之后,碰巧泽井家收留了被临时救助的四年级小学生小裕。小裕表面上是一个很活泼的孩子,拼命地想讨大人的"欢心",不过他有两面性,背地里会把年幼的雅人一下子撞飞很远。小裕是从婴儿院[①]转到福利院的,一年前他被养父母收养,可是却遭到了养父母的严重虐待,如此令人震惊

---

① 专门抚养小婴儿的福利院。

的事情发生以后，他获得了临时救助。在找到下一家养父母之前，他被暂时寄养在泽井家。

"小裕一到半夜就哭。他对我说'不要走，陪着我'。我说'那可不行，我就是个普通的妈妈，所以 9 点以后我得看电视'。可是小裕说'我害怕，睡不着'，所以我就给他唱了摇篮曲。结果小雅听了摇篮曲之后变得很兴奋，很高兴。然后两个人就都不睡了。我 11 点左右钻进被窝时，他俩也就睡了。"

有一天晚上，小裕开始讲述自己遭受过的暴力。友纪靠在衣柜上静静地听他讲述。

"你好勇敢啊。竟然能把这些事告诉（儿童）福利司。那么悲伤、痛苦的回忆……"

不知什么时候，雅人悄悄地靠近友纪的身边，然后开始轻轻地抚摸她的腿。

唉！不知道雅人遭到了母亲怎样的对待，估计是经历过什么可怕的事吧。也许是听了小裕的故事想起了自己的身世。

友纪也抱着雅人，抚摸他的背。从那时起，雅人开始跟友纪说话，每次都是以"听我说……"开始。虽然他有些犹豫，但也会主动靠近友纪。在那之前，他都不肯和友纪对视。

"可能是因为小裕的事，使他发生了一些变化吧。小雅不再隐藏自己了。我很吃惊，他就像冰山融化一般，开始搞出来各种事情。原来之前他动不动就僵住，是为了隐藏自己的真面目呀。"

那么，他"搞出来"了什么事呢？

因为离海很近，所以很多邻居会把钓来的鱼分一些给泽井家。有一天，以前收养过的调皮捣蛋的孩子把三条活着的鲷鱼

不知道自己生日的女孩

装进泡沫塑料箱子里，放在了门口，说是"想给孩子们看看"。

友纪做饭时去门口拿鱼，发现只剩下两条了。另一条跑到哪里去了呢？她正在琢磨此事，突然注意到裕美站在自己身后。

"妈，小雅可能在搞事情。"

"在哪里？"

"在挂窗帘的房间里。"

嗯？说啥呢，莫名其妙。

"反正挺吓人的，你快去看看吧！"

"我不去！你去看看呗。都不知道是什么，我可不敢看！"

友纪和裕美两人正在你推我让的时候，小裕径直走进"挂窗帘的房间"里，一把掀开了窗帘。

随后映入三人眼帘的是……

雅人用双手夹着鲷鱼，鱼脸正对着自己，目不转睛地盯着看。他完全沉浸在自己的世界里，都没有注意到窗帘被掀开了。

"那一瞬间，大家都惊呆了，半天都没有人吭声。谁也不会想到竟然发生这种事吧！我不明白小雅到底在做什么。原来一个人遇到那种事的时候，连话都说不出来呀……太意外了，我的大脑已经一片空白……"

三个人一动也不能动，像被冰冻住了一样。

过了一会儿，雅人慢慢地把鱼横过来，让鱼的身体对着自己。那一瞬间，友纪大喝一声："还给我！"

雅人一下子回过神来，这才注意到大家都在看自己，他赶紧把鱼藏了起来。

友纪顾不上别的，立即给儿童庇护所的工作人员打了个电话。雅人一直拿着那条活鱼看了那么久。有三十分钟？还是一个小时？

"请问那孩子是怎么回事？为什么对鱼有那么深的执念？他是有病吗？我只觉得太奇怪了。"

于是，工作人员开始讲述雅人的故事，那是他被救助那晚发生的事。

"泽井太太，我没跟你说过吗？那孩子是个'鱼痴'啊。"

"那又怎么样？确实，他画的鱼都很逼真。可是跟今天的事有什么关系？"

"这是对他采取救助安置措施的一个原因，那天晚上他妈妈打来电话说：'雅人和步美在泡澡的时候，我想着要烤一下从超市买回来的秋刀鱼，但是少了一条，后来我发现他们俩把秋刀鱼放进浴缸里了。这样我还能烤着吃吗？'她就是这么问我的。"

雅人把秋刀鱼放进了浴缸，他母亲看到后气得火冒三丈，把他痛打了一顿。当儿童庇护所接到他母亲的电话时，雅人已经倒在地上，处于奄奄一息的状态。尽管如此，他母亲给工作人员打电话却不是因为孩子的状态，而是想知道"那条秋刀鱼还能不能吃"。

第二天，雅人和步美在保育园的时候得到了临时救助，和他们的母亲分开了。

友纪很想大喊一声："啥？真是莫名其妙！"

"小雅的妈妈也很奇怪，大家都很奇怪！"

"当时他妈妈好像把他打得不轻。我觉得她是出于自责的

不知道自己生日的女孩　55

念头，才那样问我的。我以前和他妈妈打过很多次交道，根据以往的经验，我认为那天晚上应该不会有什么事，所以决定第二天再施救。泽井太太，你也是想问我那条鱼还能不能吃，是吗？"

"那种事情我会自己考虑的。更重要的是，这个孩子是不是病了？我只觉得很奇怪，他竟然一直抓着一条活鱼……我还得洗窗帘。"

"他应该是想看看活着的鱼吧。我觉得可能是因为他没见过活鱼。"

"绝对很奇怪。"

"不要紧，就这点小事。"

"问题不在于这件事。"

友纪虽然想告诉工作人员她有多生气，但是别有一番滋味涌上了她的心头。

"我心里藏着的另一个自己又觉得很有趣。又好玩，又感觉不可思议。我们把那条鲷鱼烤着吃了。不过雅人不肯吃，他说太脏了。"

大家在餐桌上把雅人笑话了一番。

"你不吃？为啥呀？是你把它拿走的啊。那你拿去干什么了呀？你和鱼亲亲了吗？"

雅人根本不理会别人的玩笑话，坚持说"太脏了，没法吃"。

"我当时真的无法理解。"

说完这话，友纪又捂着肚子笑着感慨道："现在想想觉得好笑，竟然还发生过那样的事。"

雅人来到这个家后过了一个月左右，泽井家寄养了一个新生儿。是儿童福利院里的一名17岁的女孩生下的孩子，不知道孩子父亲是谁。福利院决定支援这位年轻的母亲，委托泽井家帮忙一起抚养。然而，这个母亲悄然离开了产科医院，不知去向了。

"雅人让我们很伤脑筋，不过毕竟小婴儿总是躺着，应该没那么辛苦。我心想行吧，就答应了。没想到雅人超级喜欢他。"

虽然雅人不会抱或者摸小婴儿，但是会喊着他的名字，"小凌、小凌"地逗他玩。这样的表现也让友纪感到惊讶。

于是，友纪想到了一个和雅人交流的方式……

"他那个年纪最喜欢聊的就是屎尿和小鸡鸡。因此，我给小婴儿换纸尿裤的时候就喊小雅'该换尿不湿了'，他就会高兴地飞跑过来。我们俩一起打开纸尿裤，一看到小鸡鸡就说'真棒、真棒'。这是我们俩每天固定的对话。因为跟雅人说别的事他都没有反应，只能通过一起说'真棒、真棒'来和他进行交流，这样真是对不住小婴儿的父母了。"

到了这个时期，雅人也开始向友纪撒娇了，友纪也开始了解雅人的好恶了。

年后，雅人开始上保育园了。没过多久，保育园的老师就找友纪谈话。

"当我们教给雅人小朋友具体怎么做时，他毫无反应，也不知道他是否听到了。之前医生给他做出的诊断是什么？请您带他去专业的医院看一看吧。"

友纪这才意识到"啊，原来如此。他果然病了"，于是带着雅人去医院检查了听力和视力。

"什么检查都做不了。测听力的时候他感到害怕，大叫着逃跑了，测视力的时候他根本不看视力表。"

友纪咨询了一下儿童庇护所的工作人员，对方说"他可能是有发育障碍"，所以她带雅人去看了儿童心理内科，接诊的医生刚好是雅人的妹妹步美的主治医生。

"这孩子以前来我这里看过病。因为保育园老师说他无法适应园内的生活，他母亲曾带他来过一次。经过诊断，他患有ADHD。"

"ADHD"是指注意缺陷与多动障碍（Attention Deficit Hyperactivity Disorder），俗称多动症。

ADHD也可以算是一种典型的轻度发育障碍，患者天生具有多动、易冲动、注意力不集中三大症状，发病率高达3%到5%。

最近，我听说很多老师抱怨有些孩子老是动来动去，无法在教室里安安静静地坐着。这一类孩子大多会被诊断为ADHD。

雅人上次被确诊之后，他的生母却没有再带他来医院，所以治疗就被搁置了。医生给友纪讲了后续的治疗方案。

"今后请务必仔细观察他的情况，定期带他来复查，这个病有相应的治疗方法，也需要吃药。"

医生还告诉友纪，治疗的目的是改善孩子的生存状况，而不是让他变成"听话的孩子"。为此，雅人需要吃药来补充脑中原本不足的神经物质，还需要在康复治疗和特殊教育方面给他提供援助。

由此可见，前文提到过的"依恋障碍"的症状与 ADHD 的特征存在许多重合之处。比如"依恋障碍"的特征有"多动""好冲动、易受挫和缺乏自控力""忍耐力和注意力差而导致学习困难"等等，这些全都是患有 ADHD 的孩子的特征。

专家认为，当大人想要通过"管教"来改变这些多动的孩子时，很容易发生虐待事件。

虐待行为与发育障碍之间存在千丝万缕的联系。

这个问题有点像先有鸡还是先有蛋的争论。雅人是因为先天患有 ADHD 这种发育障碍才遭到母亲虐待的吗？还是说因为他从小生长在受虐待的环境里才形成了"依恋障碍"，进而引发了 ADHD 那样的症状呢？

为什么被虐待的孩子当中有很多人存在发育障碍呢？这是因为抚养者发现有发育障碍的孩子很难教导，而且还有一些不符合社会常识的特征，他们想通过"管教"来纠正这些问题，此时往往容易行为失控，从而演变成虐待。比如有的抚养者看到患有 ADHD 的孩子总是坐立不安的样子时，会感到十分烦躁，心想为什么你就不能像其他孩子一样呢，于是忍不住动起手来。杉山医生指出，特别是有一部分孩子患有"高智能广泛性发育障碍"，他们智力不存在问题，但总是对抚养者持反驳挑衅的态度，这会成为虐待行为的诱因，是一项风险程度很高的因素。

另一方面，有些孩子在受虐待的严酷环境中幸存下来后，他们身上类似发育障碍的特征会越来越明显，比如像雅人那样的多动倾向以及无法与别人保持适当距离的现象等等。

不知道自己生日的女孩　　59

杉山医生在爱知儿科进行临床治疗时发现，有些孩子并非先天性发育障碍，而是由于受虐待而呈现出了类似发育障碍的状态。基于这一"发现"，他将虐待导致的儿童发育障碍称为"第四种发育障碍"。

虐待会导致大脑的各个部位出现功能障碍，从而会引发类似ADHD的症状，比如注意力不集中、很难控制自己的行为、无法预料事态的发展、应付一时的行为，等等。这些症状乍一看很像是"广泛性发育障碍"。

虐待竟然会导致孩子出现"障碍"，造成如此严重的后果，这令我感到震惊。我以前以为，只要抚慰他们受伤的心灵就可以解决问题了。这种天真的想法在严酷的现实面前土崩瓦解，我惊得呆立在那里，仿佛被钉住了一般。

最令人震惊的是，通过脑部影像学检查已经确定，虐待会给整个大脑的发育带来器质性影响。听到这一结论时，我不禁怀疑自己的耳朵。

在随时可能遭受暴力的生存环境下，大脑的确不可能发育健全。整个人一直处于警报频发、警钟长鸣的极度紧张状态之中，夜晚也无法安心入睡。在这种情况下，大脑怎么可能健全地发育？

杉山医生在他的著作《发育障碍的现状》一书中介绍了大脑的机理。

"从进化论的角度来考虑的话，如果孩子所处的环境让他很难形成依恋关系，那将是非常严酷的，会给他的生存带来严峻的考验。在这种环境中，如果孩子的共情能力继续发育，将使他难以生存下去。因此，可能是由于荷尔蒙动态的变化，会引发表观遗传现象（不改变基因序列的情况下产生的基因表达水平的变化过程）。估计是一部分基因被激活后，大脑就会发生器质性变化吧。"

　　虐待儿童的行为本身就会让孩子的大脑发生器质性变化，给身体各部位的发育带来障碍，最终酿成不得不称之为发育障碍的状态。可见虐待会给孩子造成多么严重而残酷的后果啊。

　　雅人逐渐开始给友纪讲生母的事，日常闲聊时会毫无征兆地冒出一句"木下女士……"。讲述的内容如同出故障的收音机一般断断续续的，仿佛突然回到了当时的一幕幕场景中。

　　此时，雅人开始称呼友纪"妈妈"，而称呼生母为"木下女士"。

　　比如，当友纪在炸鸡块的时候。

　　"妈妈，你在干什么啊？"

　　"我在炸鸡块啊。"

　　"炸鸡块不都是从'小池超市'里买回来的吗？"

　　既然雅人这样问，友纪就故意说道："炸鸡块应该在家里做，我们家一直都是这样。"

　　"木下女士就是从'小池超市'买回来的。我一块，香织姐姐三块，木下女士一块。不过我给步美分了半块。"

　　雅人的生母特别偏爱他姐姐香织。雅人带来的大多数玩具上都写着"木下香织"的名字，有的玩具擦掉了"香织"，写上了"雅人"。

　　"小雅滔滔不绝地给我讲了很多诸如'分给我一块'之类的鸡毛蒜皮的小事。反正一直说的都是不给他饭吃的事儿。"

有时候他会突然像播放慢镜头一般详细描述过去的场景。

"香织姐姐揪着我的头发,我也揪着她的头发。木下女士说'快住手!'。"

过去发生的事仿佛突然闪现在眼前一样,他总是毫无波澜地描绘那一幕幕场景。

"木下女士抓起我的手贴在锅上,还问我烫不烫。木下女士把我的手烫伤之后跟我说了'对不起',然后她把自己的手也烫伤了。因为木下女士哭着向我道歉,我就原谅她了。"

友纪开车带着雅人去买东西的时候,刚好路过雅人过去住的那个街区。当时雅人指着一间家庭餐馆,淡淡地说道:

"我和木下女士去那里吃饭的时候,因为我不听话,她就用一次性木筷子戳了我的眼睛。然后她哭着把我送去了医院,又在7-11便利店给我买了托马斯的玩具小火车。所以这辆玩具车上写着我的名字'雅人'。"

可能是受此影响,雅人一只眼睛的视力很差。

有好几次,友纪不由得心想"难道这就是受虐后遗症吗"。雅人小学一年级放春假的时候,最大的一场暴风雨来临了。

友纪深有感触地说:"怎么说呢,他对物品有很强的执念,一旦不能如愿,他就会变得自暴自弃,把一切清零。"

事情的起因是蚂蚁。雅人最看重的玩具箱里钻进去了蚂蚁。

"因为他不舍得扔东西,所以就把吃过的点心的包装盒也放在玩具箱里了。虽然那时候才是初春,蚂蚁就开始在玩具上扎堆了。"

雅人生气了。他无法原谅蚂蚁,他恨蚂蚁。

"呜哇！嗷呜！"他气得满地打滚，乱喊乱闹。友纪说他一下子"疯了"。

"没事儿，洗一洗就干净了，还可以用。"

虽然友纪这样安慰他，他却只是哇哇大叫。就算摁住他，他也只会使出很大的力气挣扎，所以友纪决定暂时不去管他。

"他哇哇大叫着满地打滚，然后又嘟嘟囔囔地把玩具一个一个地扔进垃圾桶。一切都归零了啊，难道他是想清零吗……"

当时上高中的大儿子听到叫喊声，跑下楼来。

"妈，你为啥不管管雅人？"

"管不了的时候，就随他去吧。"

听到友纪说这话的那一瞬间，雅人突然切换了情绪开关。他跑到厨房，从抽屉里拿出来切牛排的刀子。

"我好像快要死了，还是死了更好，我要死了，好像还是死了比较好。让我死了算了！"

雅人手里拿着刀子，自顾自地大喊大叫。

"雅人，你为什么因为这点小事就说死了更好呢？"

"那是因为妈妈说不管我了……哥哥和裕美姐姐都不管我了……"

雅人说的话毫无条理，全都不合逻辑。他情绪很激动，一把夺过二儿子健太正在玩的DS游戏机抛了出去。就在那一瞬间，一向性格温厚的健太发怒了。

"混蛋！"

被大声呵斥的瞬间，雅人"啊"地大叫一声冲出了家门。

"不过，看他逃跑的样子，应该是已经恢复了正常，他并没有跑很远。因为他在观察我们这边的情况，一看到我们在找他，他就躲起来。"

在友纪、裕美姐姐和哥哥们的温柔劝说下，雅人回到家，走进"挂窗帘的房间"，暂时把自己裹进了窗帘里。

估计这也是没有依恋关系这一成长基础的缘故吧。

如果一个人有过被保护的经历，有过忍耐后被表扬的经历，就能自己安抚自己。这样一来，他在遇到痛苦的事情时，就会安慰自己"好啦好啦，也是没办法的事"，就能克服困难。如果他从来没有得到过父母的安慰，那么当他遇到痛苦的事情、难以忍受的事情时，就只能全部发泄出去。

一旦不能称心如意，就把一切清零。雅人的这种反应，也证明了他以前从来没有得到好好的保护、没有被精心抚养过。

据友纪说，不知为何，雅人一到樱花盛开的季节就变得情绪不稳定。不过，他情绪起伏的落差也在逐渐变小，现在很多时候已经可以避免"暴风雨"了。

友纪永远忘不了主治医生对她说的话。

"如果是5岁之前受到的伤害，他可以在意识中把那些不愉快的记忆替换掉。今后请你和雅人一起制造更多快乐的回忆，这样等他长大以后，每当回忆起这段时光，就能感慨'那个时候和泽井太太在一起好开心啊'。"

听到这番话，友纪情不自禁地流下了眼泪。

"我还是第一次遇到这么难伺候的孩子，不过我也学到了很多东西，我觉得小雅很可爱啊。"

从上保育园的时候开始，雅人就一直说"我会保护妹妹步美的"。在他这几年的成长过程中，一直以步美的"监护人"

自居。

"我将来的梦想是,长大以后和步美一起生活,我得保护她。"

也不知道这算不算一件好事。读小学三年级时,雅人有了喜欢的女孩,友纪借此机会试探着对雅人说:

"你啊,虽然嘴上说要和步美一起生活,可是万一遇到让你觉得比步美更可爱的女孩怎么办?如果步美在旁边,你就不能和她抱抱亲亲了吧。"

结果雅人开始抱着脑袋苦苦思索"怎么办、怎么办"。他说出要当步美的"监护人"这种与年龄不相称的话,说明他的警惕心和不信任感达到了极点,他觉得"只有我会保护妹妹,大人都不可信"。如今,雅人有了泽井家这个"安全的港湾"。因此,他终于可以像普通的孩子那样,在心中描绘能够和喜欢的人抱抱、亲亲的未来了。

可是,前几天发生了一件事。友纪把热水沸腾的锅从煤气灶上移到旁边的灶台上时,碰巧雅人也在厨房里,结果煤气的火焰就在他眼前熊熊地燃烧着。看到火焰的一刹那,雅人呆立在那里,仿佛死机了。

友纪说:"他僵住了,眼睛无法聚焦。我平时在厨房总是万分小心,可是当时可能有点儿手忙脚乱吧。我真的感到很过意不去。不过,那时候我心里想,离他完全恢复的日子还很遥远呐。"

友纪想起了步美说过的话。

"哥哥的手被妈妈用煤气的火烧伤了。"

然而雅人没有这段记忆。问了他很多次,他都说不记得。

看来果然发生过那样的事啊,所以他才会那么恐惧煤气的火焰。

友纪一边说着"对不起,对不起",一边摇晃雅人的身体,然后紧紧地抱住他。被摇晃几下之后,雅人突然回过神来,就那样在友纪的怀里哇哇地大声哭了起来。

"小雅,对不起啊,对不起,都是妈妈不好。现在没事了,不用怕了哈。"

唉!这孩子的心里还残留着一道很深的伤痕,一受到什么刺激,伤口就会一下子裂开。

正因为如此,友纪才想用很多快乐的回忆来抹平它。

"他吃了那么多苦,总算努力活成了今天这个样子,我希望我们能够一起愉快地生活下去。不管是雅人还是其他孩子,只要能记住我身上的气味和饭菜的味道,我就已经很幸福了。"

刚来泽井家的时候,雅人只能吃鱼粉拌紫菜盖饭、咖喱和炸鸡块,如今他早上会大口大口地喝味噌汤,一副很美味的样子。"过去吃饺子的时候,他会把皮一个个剥开,逐一确认馅儿里用的所有食材",现在却能狼吞虎咽地吃友纪做的各种饭菜。

我在泽井家待了两天,和雅人只是围坐在餐桌旁一起吃饭,稍微聊了几句,并没有深入交流。但是临走时,他走近站在玄关处的我,看着我的眼睛明确地说:"下次再来哦。"

他的声音有些沙哑,但是语气十分坚定,仿佛是在向我确认。

第三章

拓海
—— "长大以后应该很痛苦吧"

"喂！起床啦，到早上啦！"

幼儿园中班的彩加在摇晃我的肩膀。我爬起来环视周围，发现这个 20 平方米的日式房间已经人去楼空，昨天晚上明明大家挤在一起睡的啊。

啊？难道说只剩下我和阿彩（对彩加的昵称）了？

不，旁边还有幼儿园大班的阿聪，他紧贴着我睡得正香。幼儿柔软的身体让我感到很舒适，不知不觉就睡过了头。

"阿聪，起床吧。大家早就已经起来了。"

我们三人一起下楼，来到客厅，看到小学生和初中生都已经收拾打扮好，围在一张巨大的长方形餐桌旁，正在吃早餐。电视上播放着早间新闻。

这是家人之家"希望之家"早晨的光景。

在这个位于幽静的住宅区一角的两层小楼里，略显匆忙的早晨开始了。吃完早饭，确认了没有遗忘的物品，赶紧出门以免迟到……左邻右舍的早上自然也都是同样的光景。

我记得头一天下午，第一次站在这个家的玄关前的时候，看到它的外观"极为普通"，瞬间有些疑惑。可能是因为我提前了解过，所谓家人之家就是抚养那些无法在父母身边生活的孩子的"企业"，所以我自以为是地在脑子里描绘的家人之家的形象类似福利院的缩小版。我的疑惑就源于这种印象与现实之间的差距。

独栋楼房散发出来的气息与氛围像极了普通家庭，和我去朋友家访问时的感觉一样。

话虽如此，门铃下面挂着一个手工制作的门牌，上面写着"家人之家'希望之家'"，明确表示了这里是承担社会抚养工作的"家人之家"，它是面向当地开放的场所。玄关两旁放着好几辆自行车和三轮车以及在户外玩耍的工具，说明这个家里有很多孩子。

"快请进，孩子们还没放学呢。"

这个家的"妈妈"高桥朋子把我迎了进去，一进到房子里，首先映入眼帘的是一个鞋柜，里面塞满了男孩女孩的各式各样的鞋子。这让我进一步有了实际感觉，啊，果然有这么多孩子生活在这里。

我刚才使用了"社会抚养"这个词，在与需要救助的儿童相关的领域，这个词被广泛使用，而在普通社会中几乎不为人们所知。恐怕没有一个词比它更令人感到差距了。我本人在重新查阅之前，也不清楚"社会抚养"的真正意义。

这次采访的地点除了医院这一治疗设施之外，全都是负责"社会抚养"的场所。一般而言，孩子都是由父母等"监护人"抚养，而由于某种原因无法在家庭中抚养孩子的情况下，国家或地方公共团体有责任代替那些家庭抚养孩子。这就是"社会抚养"，分为三种类型：养父母之类的"家庭抚养"、儿童福利院和婴儿院之类的"设施抚养"、地域性小规模儿童福利院及小规模集体护理之类的"家庭式抚养"。家人之家和养父母一样，属于"家庭抚养"。

国家的方针是将来这三种类型各占三分之一，然而现状是

"设施抚养"占压倒性多数。截止到 2013 年 10 月 1 日，需要社会抚养的儿童大约有 4.6 万人，其中儿童福利院中大约有 2.9 万人，婴儿院中约有 3000 人，针对情绪障碍儿童的短期治疗设施等其他设施中约有 9000 人，大约九成孩子都生活在"设施抚养"的场所。

实际上，孩子们出于什么样的原因接受社会抚养呢？根据厚生劳动省 2013 年 2 月 1 日实施的《针对儿童福利院等收养儿童的调查结果》，儿童福利院收养的孩子当中，受父母虐待或任意驱使的人占 18.1%，被父母放任自流或懈怠抚养的人占 14.7%，父母患精神疾病的人占 12.3%，父母就业方面有问题的人占 5.8%，由于破产等经济方面原因的人占 5.9%，父母失踪的人占 4.3%，估计家家都有一本难念的经，不过只看数字的话，那些父母的自私任性之举令人无法直视。

朋子和义雄夫妻二人都不到 50 岁，抚养了 3 个亲生的孩子，创办了家人之家"希望之家"，成为了 6 个孩子的养父母。这些孩子有男有女，从幼儿园幼童到初中生，各自的成长背景和年龄都不相同，他们背负着受虐后遗症或各种各样的生存困难，来到了这个家中。

最早是在 2006 年，他们收留了一个"暂时抚养困难"的 3 岁男孩。没过多久，他们就发现，哪里是"暂时"的问题，那孩子曾遭受严重的虐待，仍受其影响。他成了高桥家的第一个养子。与此同时，高桥夫妻也开始了作为"养父母"的人生。

一提到养父母，人们往往会想到那些希望过继养子的人，最近不以过继为目的的"抚养者"也在增多。

全日本共有多少养父母呢？根据厚生劳动省公布的数据，截止到 2013 年 3 月末，登记在册的有 9392 户，实际收养孩子的有 3487 户。共有 4578 个孩子生活在这些家庭中。

高桥家收养的孩子从一个增加到两个，从两个增加到了三个。正好 2009 年政府新颁布了"家人之家"制度，第二年春天他们就成立了家人之家，正式开始抚养事业。

正如前文所述，截止到 2013 年 10 月 1 日，全日本共有 218 所家人之家，为 829 个孩子提供了安身之处。

我和彩加、阿聪一起跟大家打招呼说"早上好"，朋子紧接着回应道："早上好。早饭吃什么呀？"

在"希望之家"，这是妈妈每天早上对每个人说的第一句话。

我正不知如何回答，读小学五年级的拓海换好了衣服，从二楼自己的房间里走下来。他斜视我一眼，当即回答道："妈妈，我要吃咖喱。还有味噌汤。"

"嗯，好的，阿彩呢？"

"玉米片和面包超人果汁。"

"哎呀，阿彩，果汁回头再喝吧？你喝蔬菜汤吗？"

似乎每个人的菜单都不一样。

"祥子你吃什么？吃米饭的话有纳豆、鸡蛋和鱼粉拌紫菜，今天还有咖喱饭哦。吃面包的话可以加奶酪或者果酱。要不我给你煎鸡蛋？喝汤的话有玉米羹和蔬菜浓汤。还有咖啡和红茶哈……"

朋子介绍的菜单如此丰富多彩，让我有些意外，不知如何选择。

桌子上摆着各式各样的早餐。小学三年级的阿晃——他是第一个养子——吃的是丹麦面包加牛奶，同样读小学三年级的阿遥吃的是米饭加汉堡牛肉饼。爸爸义雄吃的是米饭和煎鸡蛋，还有纳豆。饭桌上还摆着昨天晚上吃剩下的菜、新腌的咸菜、牛奶、蔬菜汁、纸盒装的乳酸饮料，一大早就很丰盛。

"那，我就喝汤吃面包吧。"

我用热水冲泡了一碗颗粒状的速食汤料，刚坐到桌子前，朋子就把烤面包片和煎鸡蛋端到了我面前。

"阿彩，别闹了，坐下好好吃饭！"

读初二的美由纪正在啃抹了黄油的烤面包片，看到彩加在椅子间来回走动，提醒了一句。估计彩加早上没什么食欲吧。其他孩子都在默默地吃饭，注意力很集中。朋子看出来她有别的想法，就说了一句："阿彩，吃饱饭以后才能吃点心哦。"

彩加一看自己的心思被猜透了，有些慌张，迅速坐到了座位上。

"妈妈，下一碗我可以吃纳豆吗？"

拓海吃光了咖喱饭，又要了一碗纳豆盖浇饭。他身材健壮，体形有点像机器猫，可能是源于他如此旺盛的食欲吧。从早上开始就让人觉得很可靠。话说回来，就连纤弱的阿遥都是一口气吃光了汉堡牛肉饼，又开始就着红烧海带大口大口地吃米饭，吃得很香。朋子给自己的奶酪烤面包片上加了一些红烧海带，结果阿遥轻声请求道："妈妈，我也想吃那个。"

"嗯，可以啊。等你吃完你手里的饭，我就给你做。"

幼儿园大班的阿聪选的早餐是烘烤的英式麦芬面包，上面加了煎鸡蛋。他只啃了两口就匆忙跑去厕所，回来后就在电视机前取出卡片玩起来了。

"阿聪，你的饭不吃了？"

孩子们有些看不下去，纷纷问阿聪。结果他却一下子火了。

"我肚子疼！"

听了这句话，义雄一下子站了起来。

"喂，阿聪！你跟我来一下。大家都是为你好才问你的，你发火就太奇怪了吧？"

阿聪被爸爸的声音吓了一跳，说了声对不起，回到了餐桌前。

"嘿，也别忘了吃药啊！"

美由纪、拓海、阿晃、阿遥、阿聪和彩加，高桥家的孩子都在服用儿童精神科的药物。这是和"普通"家庭的不同之处。每个孩子的药都不一样，朋子需要确认所有人是否按时吃药。

上幼儿园的孩子们还在悠闲地吃早餐，而小学生们则确认好书包里装的东西后，7点40分一起跑出了家门。一起去上学的集合地点就在他们家门口，为了不让其他孩子等待，所有人都提前出门。

"我们走啦！"

作为"高桥家的孩子"，大家都姓"高桥"，他们分别赶往自己的学校。高桥家有三名小学生，领头的是年长的拓海。他很负责地监督另外两人上车，防止有人调皮不去。

小学生和初中生都走了，义雄也去上班了，餐桌旁的人口密度降低了很多。我们喝着饭后咖啡，朋子突然笑了。

"哎哟，大家都顺利地走了。只剩这两个小家伙了。幼儿园的大巴9点来接他们。"

在那之前，她还有活要干：把昨天晚上孩子们睡觉后晾在室内的成堆的衣服折叠起来，给每个人分好，然后再把现在洗衣机里新洗好的衣服晒出去。

才刚吃完早饭，厨房洗菜盆里的碗碟就已经堆积如山了。当我洗碗的时候，彩加一直黏在我的屁股后面，央求道："阿姨，陪我玩玩吧，一起去外边玩吧！"

"等会儿啊，阿彩。我现在忙着呢。"

她暂时离开了我身边，过一会儿又过来找我撒娇。所以彩加再次遭到了朋子的批评。

"阿彩，不许任性！没看到祥子阿姨正在帮我们洗碗吗？"

朋子一边说着，一边拿出幼儿园的园服，催促阿聪换上，检查了他的随身物品，填写了联络账①。

孩子们全都出门以后，朋子把所有洗好的衣服晾在外面，终于可以喘口气歇息一下了。

据说高桥家这种独特的早餐——"自助式早餐"，是朋子观察了来自儿童福利院的孩子的情况后，于数年前开始实施的。

儿童福利院是大多数没有监护人的儿童或者曾被虐待的儿童生活的地方。截止到2013年10月1日，全日本共设置了595所。

收容对象为1岁至不满18岁的孩子，如有必要，0岁至不满20岁的孩子都可以收容。平均入住时间为4.6年，也有不少孩子入住12年以上，可以说整个少年时代基本都在这里度过了。在高桥家，美由纪和拓海来自福利院，彩加是从婴儿院"分配"过来的。

"在福利院期间，一天三顿都是配餐对吧。在学校里当然也

---

① 幼儿园老师和家长之间用于沟通交流的笔记本。

是吃配餐,在福利院反正只能供应什么就吃什么。就算自己有想吃的东西,也根本得不到满足。他们从来就没有表达自己的意愿并得以实现的经历。就连来我家这件事,也不是他们自己的意志决定的。"

例如,即使你对来自福利院的孩子们说"可以去玩了",他们也不知道玩什么好。他们不会自己选择衣服,总是说"妈妈帮我选吧"。

朋子说,自己成为养母以后才了解到孩子们的这一面,感到很难过。

"这些孩子对将来不抱什么希望,也没有学习的热情,我觉得这是理所当然的事。由于他们不明白自己做决定带来的喜悦,也不知道自己做决定伴随的责任,反过来说,一旦事情进行得不顺利,他们就会把责任推卸到别人身上,向别人发泄怒火。"

自从收养了他们,朋子心里一直有个愿望,希望他们体会到自己的人生由自己决定的喜悦。

所以,她让孩子们自己选择早餐。午饭各自在幼儿园或者学校里吃配餐。考虑到营养方面的因素,晚饭不能让他们随便选,不过早饭总是可以想办法做到的。

"我希望在福利院生活过的孩子学会自己选择,了解选择的喜悦。而且我会提前告诉他们,既然选择了,就要自己负责吃完,不能剩下。"

前一年8月,拓海从儿童福利院来到高桥家,是最晚来的孩子。

收养的契机是分管他的儿童福利司打来的一通电话。

"现在读小学四年级的一个男孩，从 2 岁起就一直住在福利院。今年他姐姐被人收养了，他还没有去处。不过，我想让他了解有家的感觉，能不能麻烦您那边收养他？"

由于"母亲抚养困难"，拓海 2 岁时和姐姐一起得到救助，入住了儿童福利院。母亲从丈夫的家暴中逃脱以后，说"带着孩子的话不方便工作"，就把孩子送进了儿童庇护所。半年后她和别的男性同居，很快就生下了一儿一女，于是把户口和那名男性迁到了一起，一家四口生活在一起。

拓海和姐姐一直被放在福利院。而且，由于在福利院中男孩和女孩的生活圈被隔离开了，拓海在成长过程中对姐姐也没有什么亲情的感觉。

接完电话，朋子就下定了决心。

"那孩子现在读小学四年级，也就意味着这也许是他能够体验家庭生活的最后机会。他还是小学生，所以搬到我家来之后也可以灵活应对。"

但是，当时朋子完全没有预料到，在收养之前竟然会和福利院发生"斗争"。儿童福利司也打算让拓海从福利院搬到高桥家，但是福利院却迟迟不肯放人。

"要是回归亲生父母的家庭的话，我们也同意……"得知福利院对于这次收养持否定态度，朋子以为对方担心自己这边的准备工作做得不充分，于是和儿童福利司一起去福利院当面解释清楚。福利院的主任指导员坚持说："这个孩子我们不往外放，不交给高桥家。"

"要是回归亲生父母的家庭的话，我们倒是同意……我们不会把他交给别人收养的。而且这个孩子还有暴力倾向，智力也有问题，不是能放在普通家庭中抚养的孩子。"

为了彻底消除福利院方面的担忧，朋子继续解释道："我们家的大多数孩子都有依恋障碍，不擅长控制情绪，在学习方面都存在很大问题。但是，所有人都在健康成长。所以，没什么问题。"

话说回来，客厅怎么这么乱啊？

朋子一边和我聊天，一边忙于收拾脏乱的客厅。

就连客厅都是这个样子，那么孩子们的房间得乱成什么样儿啊……

福利院很快表示"把他本人叫过来"，于是拓海来了。

他简直就像是猩猩的孩子，以类似背越式跳高的方式一下子跳到了眼前的沙发上，把朋子吓了一跳。主任指导员说道："不好意思啊，我们这里的孩子都是放养。"

朋子心想：哈？这算哪门子放养啊？

总之，拓海没办法老老实实地坐着。

朋子转向拓海说道："拓海呀，你想不想住在比这里小很多的房子里，家里有爸爸妈妈，和兄弟姐妹一起去上学？"

主任指导员立刻插嘴说道："如果他本人愿意的话，我们也会放他走。毕竟他是不知家庭为何物的孩子，就算你跟他说家庭，恐怕也没办法打动他。"

朋子试探着对拓海说道："要不你来我家玩玩？然后和大家一起去游乐园怎么样？"

"我想去。"

拓海确实是这样说的。

"那下个周末去吧。我会提前一天过来接你，在我家住一晚上吧。"

对于福利院来说，事情的发展恐怕是让他们极为不情愿的。但是，孩子本人明确表达了自己的意愿，儿童福利司也在旁边看着。福利院没有任何理由加以拒绝。

诚如福利院所说，拓海是个"不知家庭为何物的孩子"，2岁时被救助，没有之前家庭的记忆。他不记得曾遭到母亲虐待，先不论这是否算一件幸事，总之他是在没有形成"依恋"这个基础的情况下，在福利院成长起来的孩子。

拓海第一次来高桥家"过夜"，用朋子的话说就是处于"举止可疑状态"。眼睛滴溜溜地到处张望，一直心神不定、坐立不安。

估计从走进家门的那一刻开始，对拓海来说一切都是未知的世界吧。眼前是一片宽敞干净的客厅兼餐厅。这里是全家人放松休息的地方。桌子摆在中央，往里走，窗前有一个鱼缸和一个装鹦鹉的鸟笼。他也是第一次亲眼看到在家中饲养的狗和猫。厕所里装饰着孩子们画的画和大家笑着拍的照片，分别用漂亮的画框和相框封起来了。蕾丝的窗帘、粉色的门、装饰的鲜花……估计色彩柔和的装饰品他也是第一次见吧。

对他来说，最新奇的地方就是厨房。有冰箱，有煤气灶。在福利院，只是等着烹饪好的食物被运到餐厅。烤肉时滋滋作响的声音也好，使用煤气灶的火做出来的饭菜也好，烹饪地点就在日常生活中，这些对他来说都是第一次体验。

用菜刀切卷心菜发出的咚咚声也是第一次听到。"家庭"里充满了生活中发出的各种声音，难怪拓海会陷入举止可疑状态。福利院也不存在门铃的叮咚响声和电话铃声。

不知道自己生日的女孩

据说最令他吃惊的是"气味"。

拓海本来在二楼阿晃的房间里玩，闻到楼下厨房飘来的煎汉堡牛肉饼的香味后，慌里慌张地下到一楼，嘴里喊着："这是什么？这个香味儿是什么东西发出来的？"拓海来到厨房，不仅有香味，还有煤气灶上冒着热气的酱汤锅，他惊呆了，不敢向前走。

"这个白色的、雾蒙蒙的东西是啥？"

只要在福利院生活，生活空间里就不会冒出蒸汽，房间里也不会充满蒸好的米饭香味和香喷喷的烤肉味。

高桥家煎汉堡牛肉饼时，会在餐桌中央摆上一个巨大的铁板电炉。高桥家特制汉堡牛肉饼的材料是两公斤左右肉馅、五六个鸡蛋、七八个洋葱。在铁板上摆满的话，一次大约可以煎20个汉堡牛肉饼，用这些食材至少可以做出来50个。

朋子总是准备充足的分量，让所有人都能吃饱，包括帮忙照看孩子们学习和玩耍的辅助人员。他们大多是远离父母的大学生。在高桥家，十多个人围着餐桌吃晚饭是常有的事。

有些汉堡牛肉饼做得稍小一点，厚厚的肉饼紧绷而富有弹性，方便孩子们吃。这是最受大家欢迎的菜品，不过朋子特意没有做酱汁。这是出于一种体贴之心，因为孩子们喜欢挑食，朋子准备了烤肉酱、番茄酱、蛋黄酱、柚子醋加萝卜泥等，供他们选择。

她还准备了大量切成丝的卷心菜、蔬菜小炒。另外，在餐桌上放几瓶蔬菜汁，也是因为她考虑到有些孩子不喜欢吃蔬菜。虽然她想让孩子们不挑食、什么都能吃，但是毕竟他们在成长过程中一直偏食，难免要花一定的时间。

一听说想吃几个汉堡牛肉饼就能吃几个，拓海惊得差点跳起来。

"我还可以要一个吗？我没有打扫卫生啊。"

在拓海生活的福利院，"再来一份"似乎是一种特权，需要通过做什么事来换取。

接下来，他又问比自己年幼的阿晃："下次什么时候吃这个？下次吃这个的时候，我可以再来吗？"

"这种事只要跟妈妈说一声，无论什么时候都会给你做啊，明天也可以。"

"真的吗？"

这就是拓海的"家庭"体验。

大家围着一张桌子，有说有笑地吃饭，这对他来说肯定也是第一次。

该睡觉了。高桥家的亲生孩子住过的3个房间在二楼，一楼有2个单间。一楼有床的房间空着一间，朋子就对拓海说："这个房间给你随便用哈。"如果他是上幼儿园或小学低年级的孩子，朋子也会考虑让他和自己一起睡，可是他已经读四年级了。

但是，拓海说"睡不着"，起来了好几次。

他说："床底下有人，所以我睡不着。"

朋子陪他去房间，一起查看了床底下。

"拓海，你看，底下没有人啊。不要紧，放心睡吧。"

朋子意识到拓海似乎在害怕什么。

第二天，大家一起去了游乐园。

"希望之家"有一名辅助人员叫健人，拓海和他一起乘坐了各种游乐设施。然后，拓海指着游乐园的门票问他："这个多少钱啊？我要用一年时间存钱，还能带我来这里吗？"

"说什么傻话？你要是来到这个家，无论哪里都可以带你去啊，不用你交钱。"

听了这话，拓海突然哇的一声大哭起来，弄得健人有些不知所措。

高桥家跟孩子们有一个约定，每次出门去什么地方，"都可以买个东西留作纪念"。预算在 1000 日元左右。他们也把这个约定告诉了拓海，结果他破涕为笑，高兴地问："真的吗?!"

"可以买这个吗？买了这个，还能剩这么多钱……"

拓海每次拿来一个东西问"可以买吗"，不知道为什么又放了回去，如此反复多次。

"这个可以买吗？"

"可以啊。"

"可是，如果我把这个带回去，会挨骂的。"

不能带回福利院，是让拓海烦恼的根源。

"那你就把它放在这个家里不就行了？反正你要搬过来。朋子阿姨也同意了。"

听了健人的话，拓海又哇的一声大哭起来。这次他边哭边讲述了让他伤心的原因。

"老师说'过夜可以，搬家绝对不行，你不能搬走'。我没办法搬过来。"

拓海继续哭着说："他说因为我当着妈妈的面说想去过夜，不得已才同意的。但是，搬走是绝对不允许的。"

朋子气得浑身发抖，她给儿童福利司打电话表达了抗议。

"福利院那边再三对孩子严厉地说不许搬走。孩子正在哭呢。这事儿也太奇怪了吧?"

儿童福利司转达了朋子的抗议,结果福利院的答复是:"我们这边从来没说过那种话。那是因为他有智力障碍,而且他撒谎成瘾。"

当天无论如何都得把拓海送回福利院。不过,无论儿童福利司还是高桥夫妻,都不打算让拓海继续待在福利院了。他们联系了拓海的生母,对方也同意让高桥家收养。当然,拓海本人也强烈希望被收养。

在这种情况下,不知为何,只有福利院那边坚持不肯放拓海走。

"要不先尝试3个月(周末)在外过夜再说?"

福利院的意思是让朋子每周到单程两个小时的地方来接送拓海。简直是胡闹。最重要的是,朋子想在暑假期间把拓海接到家里来。因为在第二学期开始之前,让他先熟悉一下本地情况比较好。要是等3个月,就得在10月中途转学,孩子不太容易适应。

福利院那边迟迟不肯放人,经验丰富的儿童福利司当机立断,说:"我们在福利院内对他实施临时紧急救助吧。然后直接从福利院把他送到高桥太太那里。"

就这样,拓海终于来到了高桥家。朋子对他说:"拓海,你不用再回福利院了,因为你是我们家的孩子了。"

和上次来过夜时不同,朋子试着问拓海:"今天别自己睡一间屋了,和大家一起睡怎么样?"拓海说:"我愿意和大家一起。"

来到高桥家后的一周,即使和大家睡在一起,拓海晚上还是睡不着。不知道他在害怕什么。拓海吓得抽抽搭搭地哭,朋子每天晚上抚摩着他的后背说:"没事了,没事了。"

这样的夜晚一直持续着,拓海开始一点点地讲述以前的生活。

"我的房间住 4 个人,我睡双层床的上铺。晚上 1 点,老师最后来巡视一次,然后就不会有大人来了。所以,我睡着的话,会被下铺的孩子从床上拖下来。所以,晚上我不能睡。睡着了就会挨打。"

竟然过着晚上不能睡的生活……半夜 1 点开始进入恐怖时间,简直是无法无天啊。如果神经绷得最紧、发出警戒警报的时间段是深夜的话,即使搬到了安全的地方,睡不着也是理所当然的事。而且,拓海虽然来到这个家里了,却还是不敢独自睡在有床的房间里,因为他害怕"床底下有人"。

不记得是刚来那天还是第二天,朋子曾对拓海说:"和朋友分开,有些不舍吧?"

结果拓海一下子愣住了。

"我没有什么朋友,只有敌人。我从来没想过交朋友。嗯?妈妈,那些人算是朋友吗?"

朋子完全没有预料到,他竟然会因为"朋友"这个词感到如此困惑。

拓海继续说道:"我真的很怕晚上。因为天亮前没办法睡,在学校里就会发困。在学校可以好好睡。"

原来他每天晚上都处于过度兴奋的状态。也许是各种记忆涌上了心头，那天拓海的话特别多。

"老师给我们打分。一有什么事就会被减分，也不让去买东西，吃饭的时候也不能多要一份。光是那些在老师面前会表现的家伙占便宜。"

听了拓海的讲述，朋子明白了一点，那就是福利院用"积分"来控制孩子。职员拥有加分和减分的权限，他们拿着积分做诱饵限制孩子们的行动。这种管理方式不问青红皂白，近似于威吓。

朋子脱口说道："那，男孩子应该更不好过吧。"

因为她觉得男孩不像女孩那样乖巧，不会在职员面前表现，也不擅长讨好对方。

拓海立即回答道："所以才会发生战争。那些家伙生气的时候会把我们捆起来。我在那里的时候，发生过两次战争。初中生制订计划，狠狠地揍老师。他们命令我打破玻璃，刺伤女老师，逼对方辞职。小学生必须听初中生的吩咐。在水桶里装上水，泼向老师……我们躲在初中生指定的地方，一听到暗号就一起冲出去。"

在拓海生活过的福利院，经常有职员工作不到一年就辞职，此事在养父母之间也很有名。

原来这个孩子一直生活在"战场"上。福利院担心"事实"被泄露出去，一直耍手腕不放孩子出去。听着拓海滔滔不绝的讲述，朋子感到一阵阵揪心。多么可怜的孩子啊。从 2 岁开始直到现在，这孩子竟然生活在那样的环境中。不能在家庭中待下去也好，在福利院被迫过那种生活也罢，一切都是大人作的孽，却让孩子活受罪。

也许是被朋子的这种情绪感染了，拓海突然抽抽噎噎地哭了起来。

"妈妈，长大以后应该很痛苦吧？我还不如死了呢。反正我很傻，长大以后也找不到工作，现在死了更好。长大以后应该很痛苦吧。"

这个体格壮硕的大男孩身体颤抖着，哭得跟个泪人儿似的。他才上小学四年级，却对将来失去了梦想，哭着说考不上高中，也找不到工作……如果在自己眼前只能看到那样的未来，那肯定会觉得痛苦。

才上小学四年级，竟然就觉得死了更好，他以前到底过的什么日子啊？

"拓海，不会的，不是你想的那样哈。"

拓海一直在颤抖，朋子抚摸着他的后背，继续和他聊天。

为什么这个孩子只能描绘那样悲伤的未来呢？他究竟是在什么样的环境中成长起来的呢？

别的不说，首先是鞋子的气味儿。那真的不是一般的臭。

那是拓海从福利院取回行李，"搬到"高桥家时穿来的鞋。

大多数孩子到了小学三四年级，都会穿系鞋带的鞋子，而他穿的是大叔才会穿的鞋，鞋面用魔术贴固定的那种，根本不像是小学生穿的鞋。甚至让人产生了疑问，小学生的鞋子到底连续穿多久才会散发出那样的恶臭呢？

"哎呀，真的是太臭了。不是一般的臭。如果把它放在玄关，整个家中都会臭气熏天，简直令人难以置信。鞋子已经有破洞了，我心想这到底穿了多久啊。可是，来过夜的时候一点都不臭啊。"

朋子问了他原因，回答是"那双鞋不是我的"。

原来福利院给那些出去"过夜"的孩子另行准备了鞋子。

其次是脚癣的问题。

"来我家以后，他经常啪啪地拍打自己的脚，嘴里说着'可恶！脚上又破洞了'。我一看，原来是脚癣。"

拓海连"脚癣"这个词都不知道。他对朋子这样解释道："在那里，大家脚上都会破洞。所以，我们就拍打脚。一有破洞，老师就让我们拍打脚。"

当然，靠拍打治不好脚癣。孩子处于滋生脚癣的环境中，处理方式竟然是"拍打"……简直让人不敢相信这是生于平成年间[①]的孩子。

给他抹上皮肤科开的药以后，脚癣好得差不多了，此时，拓海的"脚"引发了一场意外事件。

收养拓海一个月后，当年的家人之家全国大会在九州召开。高桥家每年都全家出动，顺便也带孩子去旅游。当年自然也带着拓海，全家一起去了九州。

一家人到温泉胜地游玩，有一个可以体验鱼医生的区角。那些小鱼以人的角质为食，只要你按照泡足浴的要领把脚泡在里面，就能够期待焕肤和按摩效果，所以这个区角非常受欢迎。

"拓海一把脚伸进去，整个水槽里的鱼一下子蜂拥而至，聚集在他的脚边。然后，一条接一条地吐着泡沫死掉了，浮到

---

① 日本天皇的年号，1989年至2019年。

了水面上。"

水面上漂满了鱼的尸体，令管理人员大为震惊，拼命地把那些死鱼捞了出去。究竟发生了什么事？那些鱼最终是因为营养过多撑死的呢，还是因为拓海的脚上有毒呢？

"哎呀，孩子们和大人都吓了一跳！拓海的脚得多脏呀。不过，他来我家都一个月了，应该已经干净多了呀。脚癣虽然不能算痊愈了，却也好了很多……大家现在还时不时拿这事打趣他，说他的脚'把鱼都臭死了呀'。"

拓海以前不知道怎么洗澡和洗头。

"进了浴缸以后，他只是用热水浸湿身体，接着就出来了。在福利院，他们似乎只是用热水淋一下头，再用毛巾擦一下就算是洗澡了。因为没有洗干净，所以头发和身体都有异味。"

朋子听其他养父母也说起过类似的问题。据说男孩女孩都一样，女孩的头发也没有好好洗，总是乱蓬蓬的。

于是，朋子拜托兼职做辅助人员的学生："我想让你和拓海一起洗个澡，教他怎么洗身体和头发。不过，他已经读小学四年级了，也有自尊心，总不能对他说'你根本就没洗干净'吧。所以，我想让你以'男人之间'的做法来教他。"

朋子买来了含薄荷脑的男士洗发水。"大哥哥"在浴室里对他说："拓海，看好了，男人洗头的时候要用这个使劲揉搓头发。这是男人专用的洗发水。记住了吗？把这个抹在头发上这样搓。会很爽快的。你快试试！"

拓海激动得两眼放光："是吗？男人都这么洗吗？"

他开始用双手使劲揉搓头皮。

"拓海，怎么样？很舒服吧？很爽快吧？"

"嗯，很爽快！"

"还有啊，就这样用浮石咯哧咯哧地搓脚底，才是男人的做法哦。"

"知道了！男人都这么做是吧？"

在这之前，似乎没有任何人教过拓海怎么洗澡。如果是在家里，父母会在洗澡的时候从头开始教孩子，而在福利院则完全忽略了这一点。

朋子很快就发现："拓海不知道肛门的位置，所以拉臭臭以后不会擦屁股。"

"我觉得在有些福利院，职员会教孩子怎么洗澡。可是，会不会教孩子怎么擦屁股呢？至少拓海所在的那个福利院没有教过。所以他拉完臭臭以后擦不干净。"

以健人为首的男性辅助人员在不伤害拓海的自尊心的前提下一点点教给他。总不能让他没学会这些就长大。

拓海在饭桌上的举动也很惊人。他一看到下午茶时吃的奶油面包，就护住大家喊道："喂！这个不能吃！在福利院，谁吃了这个都会拉肚子，很难受的！"

拓海解释说，所以自己总是选择果酱面包。

朋子柔声对他说："拓海呀，妈妈保证没问题，你尝尝吧。绝对不会拉肚子。"

她揪下一小块奶油面包，塞进了拓海嘴里。

"这是什么面包？那里的奶油面包是酸的啊！"

"这就是奶油面包。奶油面包是甜的。这个黄色的奶油很好吃的。"

"真的呀，好好吃！"

拓海有很多不喜欢吃的食物。

章鱼小丸子宴会是高桥家的一大盛事，可是无论怎么劝，拓海都只是远远地看着。原因很明确。

"我很讨厌吃章鱼小丸子。那玩意儿不是人吃的东西。"

然而，一看到切成大块的"章鱼"被放进烤盘中，他马上走过来喊道："章鱼！原来会放章鱼啊！"

阿晃笑嘻嘻地说："因为是章鱼小丸子呀。"

"可是那里的章鱼小丸子里面只放了生姜啊！"

作为"母亲"，和拓海接触以后，朋子感觉到不仅是卫生和饮食方面，在穿着打扮方面也存在问题。

"他从福利院带来的衣物只有几件T恤和大人穿的圆领内衣。只有那件内衣是新的。可是，不光小学生，男孩子到了夏天不会在T恤下面穿内衣的呀。他所在的福利院觉得孩子如果感冒了会很麻烦，所以好像夏天也让他们穿内衣。还让他们把T恤塞进裤子里。说是怕冻着肚子。可是如今的小学生谁也不会打扮成那样。那种装扮很奇怪啊。他也不会自己搭配衣服，如果我不给他拿出来当天穿的衣服，他就不知道穿什么、怎么穿。"

传送带式的生活给他留下了很多后遗症，随处都能感觉到。

首先，无论怎么叫他，他都不回应，总是满不在乎地无视。

"例如，我对拓海说'吃饭了'，估计他不知道我是在叫他。所以他才没有任何反应。我从背后对他说'拓海呀，妈妈是在叫你'，他这才回过头来，好像吓了一大跳。"

在家庭中，我们说话的时候总是面向某个特定的人。比如吃饭了、洗澡吧、快去睡觉。这是理所当然的事，然而对于只熟悉福利院生活的拓海来说，却是一件令人"吃惊"的事。

"仔细想想也不难理解，毕竟在福利院，职员说话的时候总是面向不特定的多数人。所以，不会有人只对他一个人说话。而且，据说拓海所在的那个地方，职员不跟大家说话，而是使用蜂鸣器。听到蜂鸣器发出嘟嘟的响声，大家就去食堂吃供应的食物，晚上听到嘟嘟的响声就去洗澡……"

拓海从2岁到10岁期间都待在福利院，说明以前从来没有人专门对他说"吃饭了"。

按照蜂鸣器的指示领取配餐，不需要任何思考，也不用表达自己的意志，完全就是一条传送带，只要坐上去按照既定的路线向前走就行。

"拓海呀，你已经做完作业了，可以做自己喜欢的事情了。"

然而，拓海不知道做"什么"好。

"结果，他就像一头冬眠之前的熊，心神不定地走来走去，嘴里喊着'好闲，好闲啊'。如果我具体问他'看电视吗'或者'玩游戏怎么样'，他就会说'好的'。但是，如果我说'看漫画怎么样'，他就会问'看什么好呢'。如果我不具体说'那，宝可梦①怎么样'，他自己就不知道该看什么。"

在高桥家的孩子们就读的学校，小学四年级的时候开展了

---

① 又译口袋妖怪、神奇宝贝、宠物小精灵，有动画和游戏等衍生产品。

一次问卷调查，内容是"关于自己的将来"。

首先是职业。选项中列举了各种各样的职业，有飞行员、司机、教师、医生、护士、饮食店老板等。

"他刚来我家时，还不认识汉字。所以，我给他读了上面写的所有职业，可是他的回答却是'不知道'。"

第二个问题是问想成为什么样的人。有很多选项，如"温柔的人""开朗的人""有很多朋友的人"等等，但是他还是说"不知道"。

最后一个问题是"你尊敬的人是谁"，上面写着父母、老师、著名歌手及体育选手等众多名人的名字，他的回答仍然是"不知道"。

"他竟然完全没有想法。他无法想象任何将来的样子。"

一个小学四年级的孩子，对于自己的将来没有丝毫头绪，就连一个碎片都描绘不出来。不得不说，他只是"活下来了"或者说"保住命了"。

令人吃惊的是，他也不了解那些流行的动画节目。福利院里当然有电视。

"我感到惊讶，就问了一下拓海，他说'电视上播放动画片时，我也不知道看的是什么'。他们没有选择频道的权利，也不会自己做出选择。所以，他们只是不明所以地盯着会动的影像看。看动画片的时候，估计眼睛也像死鱼眼一样无神吧。"

小学生的记忆中竟然连电视动画片的内容都没有！这就意味着那里的环境不容许他们沉浸或者逃避到动画片的梦幻当中。

拓海有依恋障碍，可可饮料让朋子深切地感觉到了这一点。

"大家都在喝可可，拓海过来问'那是什么'，他说自己也想喝，我就给他泡了一杯。可是太烫了，没法喝。也是因为他很怕烫。"

朋子说，结果你猜他怎么做的？

我说那肯定是呼呼吹气啊。

"太烫了！不行不行！我想喝，可是喝不了！"

说完之后，拓海就开始没完没了地哭了起来。

"他可是四年级的孩子啊。简直就像两岁的小婴儿吧？要是烫的话，要么加冰，要么呼呼吹气，要么就等它变凉。他脑子里完全没有这些解决办法。一切都会归于零。"

这让我联想到了第二章中讲述的雅人的"蚂蚁事件"。

朋子继续说道："一旦游戏闯关失败，他就一屁股坐在地上，哇的一声号啕大哭起来。边哭边说'我想玩，可是我不会！不行不行！我再也不要这种东西了！'。"

如果拓海心里存在"依恋对象"，奠定了依恋的基础，遇到困难时就能够安慰自己。他一下子放弃一切努力，证明他没有形成依恋这种人类成长的基础。在福利院生活了8年时间，拓海没有和在那里遇到的任何人建立依恋关系。

当初来到高桥家时，据说读小学四年级的拓海只有小学一年级学生的学力水平。他不会片假名，也不认识汉字。

他们说拓海有智力障碍，所以下发了疗育手册。但是，拓海很喜欢乌龟，拥有丰富的相关知识。根据他讲述的内容，朋子确信"这孩子没有智力障碍"。

不知道自己生日的女孩

由于拓海来高桥家后一直睡眠不好，朋子就带他去儿童精神科医生那里看了看，决定让他吃一些有助于安眠的药物。

当时朋子问了一下主治医生："这孩子没有智力障碍吧？"

医生简洁明快地回答道："嗯，这孩子没有智力障碍，只是单纯的缺乏经验。"

那么，为什么拓海一直被当成智障儿童呢？高桥家收养拓海时，福利院坚持说："这孩子有智力障碍，还撒谎成瘾。"

小学一年级是学校教育的起跑线，拓海从那时起就进入了特殊教育班。朋子对此事怀有强烈的疑问。

"通常来说，在上二年级之前会让孩子待在普通班里，想方设法提高其学习能力，实在不行的话再让他去特殊教育班学习国语和算数，体育等其他科目是基础教育的学科，应当继续跟着普通班学习。可是那家福利院好像从一年级开始就把孩子们送进了特殊教育班。"

理由是"因为他是持有疗育手册的智障儿童"。

是福利院为他申领的手册。对儿童庇护所说"这孩子智力发育缓慢"，带着孩子去接受智力测验，把诊断书提交给儿童庇护所或社会福利事务所之后，就会下发手册。

那么，为什么会给智力健全的孩子下那样的诊断呢？朋子指出，那是因为测验本身存在问题。

"因为那些孩子在福利院的生活当中，会失去尝试各种事情的机会，所以当被心理医生问到'你会做这个吗？'的时候，第一反应就是'我不会那种东西'。智力测验时，大多问的都是普通常识，例如在文具堆里放入镜子，问'哪个不属于同类物品'。但是，他们在上小学之前，根本没有自己的文具，所以不知道答案。或者被问到'哪个是网球拍',可是他们根本没见过那东西。"

为什么福利院特意给自己抚养的孩子们申领疗育手册呢？虽然我们不清楚原因,我总感觉他们是在给自己制造证据。无论学习不好还是举止粗暴,都可以归咎为智障……

拓海总觉得自己不擅长学习,有强烈的自卑感,朋子一直耐心地鼓励他。

"他来我家以后喜欢上了宝可梦,所以我就拿宝可梦激励他说'努力学会用片假名写宝可梦的名字吧'。虽然他本人说自己不太会片假名,但是实际上他会读大多数宝可梦的名字。我一问,他说基本上会读,但是不会写。于是我说那就努力学会写吧。"

例如,先学习"喷火龙"的写法。

"拓海,你好厉害啊。你学会了啊。"

一听到朋子的表扬,拓海有些难为情地笑了。

"因为我是笨蛋……"

"可是,你在学校里能听懂老师讲的话吧？"

"嗯,在学校能听懂,但是一回到福利院就不明白了。脑子里会罩上一层云。"

脑子里罩上一层云——我估计这是他的真实感觉。他能这样直接表达出来自己的感受,很了不起。

"福利院里有'笨蛋光环',所以进去以后才会变笨吧。"

"原来是这样,因为有笨蛋光环啊！原来我不是笨蛋,是那里有笨蛋光环吗？所以大家才会变笨吗？原来我不笨啊！"

拓海出乎意料地接受了"笨蛋光环"这个说法。

如同大雾散尽一般，朋子彻底弄明白了。

"在学校理解的内容，回到福利院就不懂了，是因为那里是战场。因为必须保护自己的人身安全，所以在那里要绷紧全身的神经。因此，学习方面就罩上了一层云。"

为了避免大家误解，我想强调一下，当然不是所有的儿童福利院都处于这样的状况。很多福利院虽然受到了"设施的制约"，职员却想方设法为了孩子们的健康成长竭尽全力。

为了促进家庭抚养，厚生劳动省的方针是逐步提升养父母收养的比例，包括家人之家的收养。福利院内部也在推进改革，将原本20多人一组的"大宿舍"的规模进一步缩小。截止到2008年3月1日，"大宿舍"的比重超过七成，而到了2012年3月1日，减少到了五成左右。福利院的小规模化成了当前的目标。

顺便说一下，拓海所在的那家福利院，一组50人，可谓是超大型宿舍。

最近，我还走访了儿童福利院和婴儿院等"设施抚养"的现场。我感觉那些接纳我这种外来采访者的福利院都很自信，他们可以担保设施内部的透明度，相信自己的抚养过程很正规。

2011年秋，我访问了一家儿童福利院，他们把全体孩子分为几个名为"home"（家）的小集体，借此实现了小规模化。虽然受到了设施的制约，他们极尽所能以家庭式关爱作为目标。

这家福利院有4个home。一个home由16到17名男孩或女孩组成，从幼儿到高中生都有。房屋的构造本身就像一栋公寓，有孩子们的卧室、客厅兼餐厅、浴室、厕所等，形成了"一个完整的家"。他们利用木纹营造了一种自然的氛围，室内没有压迫感，显得柔和而温馨。

在晚饭前，孩子们可以随便到别的 home 玩，所以不会像拓海那样，入住福利院的同时断掉了"兄弟姐妹"的关系。这种做法反倒是为防止亲情变淡而设，体现了福利院的关怀。

每个 home 分别用餐，不过主菜和小菜由大厨房统一配送，送到的时候还是温热的状态。各自在 home 的小厨房煮饭、重新温热汤菜类食物。每当临近晚餐时间，各个 home 就像家庭一样充满了热气腾腾的米饭香味。烩菜的锅里冒着热气，这也和普通家庭一样。

送晚餐的小推车来到以后，孩子们聚集在餐桌旁，纷纷帮忙将饭菜摆上桌，职员和孩子们在吃饭前一起说"我要开动了"。

餐桌上一片欢乐祥和的气氛。职员在一旁给幼儿喂饭，大孩子也会帮忙照看比自己年幼的孩子。

"好吃吗？这里做饭会使用很多蔬菜，所以我很喜欢，味道调得也不错。"

高三的女生果步似乎很想知道我的感想。她从小学二年级开始一直生活在这里。

"嗯，很好吃啊。种类很多，挺好的。"

当天的菜谱是橙汁烤鸡和蔬菜沙拉、白菜培根汤。其实我心里在想，要是鸡肉晚一点烤出来的话就好了，哪怕晚一个小时，也会更嫩更热乎……

不知道自己生日的女孩

初二女生小绿隔着餐桌对我说:"嗨,你今晚住这里吗?我今天自己睡。因为和我同屋的孩子发烧了,要睡在专门给生病的孩子准备的房间。所以我有点孤单,你一会儿来找我吧。"

她身材苗条,看上去有些纤弱,说话时口齿不太清楚。

小学生和幼儿一般每4个人睡一间铺榻榻米的房间,初中生睡有床的双人间,高中生就可以享用单间了。

"阿姨,我妈妈现在和不是我爸爸的人结婚了,给我生了个妹妹。再过两年她就和那个人离婚,到时候我也可以离开这里,和妈妈、妹妹一起生活了。"

我在双人间的床边听着小绿的倾诉,心里暗暗祈祷她描绘的未来两年后真的会实现。

和普通家庭一样,孩子们也可以随便在厨房制作点心和夜宵。收拾完晚餐的餐具之后,有一名初中生在厨房揉面团做曲奇,说是"明天带给朋友",还有一名高中生正在使用冷冻食品预先准备第二天带的盒饭。

有的孩子早早地去洗澡,有的孩子入迷地盯着电视上的人气男团"岚"(ARASHI),在 home 的夜晚,大家各自平静地度过自己的时间。

担任主任指导员的男职员表示:"那些父母本应绝对站在孩子这一边,却对他们使用了暴力,导致孩子无法再相信他人。所以,我们在这里要让他们感到安心,让他们体验被爱的感觉。因为一个人体会到了别人的支持,才会珍惜自己。"

这是福利院的职员共同的心声。

然而,职员们为此要付出多少心血呢?我在采访过程中目睹了他们每天奋斗的身姿。一位年轻的女职员晚上10点下班,却在 home 待到深夜 1 点甚至 2 点，等年幼的孩子们入睡以后，陪高中生谈心，还要忙于填写记录日志。一位下夜班的职员说他直到凌晨 4 点都没有打过盹儿，最终只小睡了两个小时，然后一直工作到当天下午 3 点，丝毫没有休息的空闲。

"孩子们希望得到职员的爱。所以职员为了尽可能挤出时间，就得额外加班工作。我们在上班期间不得不把精力都用于维持集体的秩序。因为 home 必须为孩子营造安心的环境。按照国家配备职员的标准，人手根本不够。我们的职员感到疲惫不堪，一个个都倒下去了。"

主任指导员的这番话道出了福利院职员面临的困境。孩子们强烈渴望职员"关注自己"，他们得不到父母的爱，背负着严重的受虐后遗症，他们的想法很复杂，有时候甚至会变得扭曲。

但是，无论孩子多么热切希望，职员都不可能像父母一样每天陪在他们身边。只能在上班时间和他们打交道，如果想让关系继续深入，只能占用私人时间。当然，即便牺牲个人时间，也是有极限的。

在这样的困境当中，职员为了治愈孩子们内心的创伤，可谓呕心沥血。

主任指导员说："青春期的问题尤为严重，比如剧烈的暴力和性方面的冲动。我总是劝孩子们用语言表达自己的情绪。受过虐待的孩子积蓄了很多负面情绪，比如愤怒和悲伤。我对他们说'在这里可以放心地发泄出来'。于是他们会说一些过激的话，'我要杀了你''我要弄伤你'之类的。不过在和职员谈心的过程中，他们会一点点地整理好自己的情绪。我们的目

不知道自己生日的女孩　　99

标是通过这种方式逐步改变他们,希望当他们陷入恐慌时不再砸墙,不需要打架就能够平息心中的怒火。"

一位男性指导员说希望儿童福利院是这样的地方:"就像我回到父母家那样,希望他们遇到烦恼时一回到这里就能感到安心,我想把这里打造成那样的地方。希望他们在这里能够体验到有人可以依靠的感觉,不会被别人背叛,能够得到别人的支持。希望他们能够感觉到大人的守护,遇到困难时能够主动寻求帮助,我认为这一点是最重要的。"

但是,也只能帮他们到18岁。

"虽然职员们都在拼命努力,但是有的孩子还没能完全治愈创伤就迎来了高中的毕业典礼。看着那些孩子提着一个包离开福利院,您知道我们是什么样的心情吗?福利院能够做的事有局限,我们会面临'年龄障碍'。"

"这是我养的乌龟哦。"

拓海指着餐桌后面的水槽对我说。当时我是第二次来高桥家访问。距第一次见面时已经过了1年,拓海已经升入六年级,个子也长高了,有种邻家少年初长成的感觉。他似乎快要到变声期了。

回家以后,拓海做完作业,每天必做的事就是照顾乌龟。乌龟大约长10厘米,颜色发黑,可能是察觉到拓海走近了吧,它的脖子从甲壳中伸了出来。水槽中铺了一层沙砾,装了一些水,又用大块的石头和沙砾给它堆砌了一片陆地。

拓海一靠近玻璃水槽,乌龟就慢吞吞地爬了过来。

"原来它知道你来了。"

"嗯，因为我接下来要给它喂食啊。"

他把固体龟粮撕成小块递到乌龟面前，乌龟最大限度地伸长脖子凑上来。

"你很熟练啊。我以前不知道乌龟的行动这么活跃呢。这是头一回见。"

拓海猛然回头看了我一眼，露出了开心的微笑。我笑着竖起了大拇指，看到了他的满面笑容。乌龟是拓海的骄傲。

"哎呀，糟了！我得赶紧把水槽打扫干净。"

拓海一边说，一边兴冲冲地开始干活。

我对着他的背影说："好厉害啊！你这么用心照顾乌龟，它才能长这么好，所以它认识你呀。"

拓海似乎有些害羞，他默默地干活，没有转过身来，也不否定我的说法。

据说在高桥家有个习惯，爸爸领到奖金后会给孩子们买一个想要的东西。两年前，拓海刚来到高桥家时，曾央求说"想要一只乌龟"。

规矩提前定好了，去上学之前和放学后喂食，一天两次。

"阿姨，你要不要看看我的房间？"

说完之后，拓海领着我上了二楼。高桥夫妻亲生的三个孩子长大后离开了家，他们的三个房间现在分别给初三的美由纪、小学四年级的阿晃，还有拓海使用。读小学四年级的阿遥的房间在一楼客厅旁边，更小的孩子没有分配单间，只给了自己的区角。

蓝天般的壁纸、藏青与蓝色的窗帘上有星星图案，带树叶图案的淡绿色地毯、黄绿色的床罩。据说全都是拓海自己选的。

朋子说:"那些孩子从来没能自己做出过选择,我虽然没有办法为他们做多么了不起的事,但是至少我想让他们给自己的房间选择自己喜欢的东西。"

床上放着宝可梦和各种卡通角色的布偶。拓海现在一个人睡,不过一想到他被一堆布偶围着的睡姿,就觉得他还很小,很可爱。

"不错啊,你的房间很漂亮。好羡慕你啊,拓海。"

拓海微微一笑,一副"就知道你会这么说"的表情。他的笑容天真无邪,开心二字仿佛直接写在了脸上。在福利院期间,他的脸上肯定没有浮现过这种自豪的笑容吧。

不过,两年前,他被高桥家收养后,刚转学到特殊教育班时,他就是个纸老虎,虚张声势,用激烈的行为给大家打了一个很夸张的招呼。

他突然铆足了劲儿,空手砸坏了教室里的储物柜,仿佛在说这是一场暴力的洗礼。

他通过展示暴力行为,炫耀自己的力量,意思是"你们可别小瞧我"。

这是拓海在之前的人生中学会的唯一一种与别人开始打交道的方式。

义雄和朋子接到电话后匆忙赶往学校。

"我们家孩子没教育好,真的非常抱歉。"

两个人一起低头道歉。拓海本人也认错了,学校方面表示不再追究,但是义雄坚持负责修缮。

"做了这样的事会受到惩罚,我们想让他明白这个道理。我会趁着工作间歇来学校修理拓海弄坏的储物柜,请让包括拓海在内的全班同学亲眼看着我修。"

回家以后,义雄对拓海说:"听好了,弄坏了东西就有责任把它恢复原样。这就叫责任。所以,你破坏了储物柜,爸爸和你必须负责修好它。砸钉子之前的工作有点危险,爸爸来做。最后刷油漆由你来做。"

拓海羞愧地低下了头,说"知道了"。然后哭着道歉说:"爸爸,对不起。"义雄笑着摸了摸拓海的头。

"所以,听好了,下次你再破坏东西时要先想清楚哈。"

大约同一时期,拓海把在福利院学会的那套做法带到了家里,想要通过对弱者行使武力来建立上下关系。在拓海看来,人与人之间只能是支配与被支配的关系。

"和阿晃还有阿聪一起洗澡时,在我们看不见的地方,拓海吓唬阿晃说'我要揍你'。他想通过这种方式让阿晃服从自己,当自己的手下。"

阿晃特别讨厌这种行为,他马上去找朋子告状。

"拓海在浴室里很可怕,我很不喜欢。我讨厌挨揍。"

"知道了,你和阿聪不用和拓海一起洗澡了,放心吧。无论发生什么事,都要告诉爸爸或者妈妈哦。"

受到威胁以后,阿晃就不想和拓海一起玩了。

朋子又对阿晃说,你要把自己的感受直接对拓海说清楚。

"拓海,你在浴室里那样对我,我就不想和你一起玩游戏或者做别的了。"

有爸爸和妈妈做后盾,阿晃就放心了,他把自己想说的话清楚地传达给拓海。

"好啊，我自己玩。"

虽然那么说了，但是自己玩游戏一点意思都没有。拓海认输了，对朋子坦白说："我自己果然还是没法玩。"

朋子温柔地对拓海说："阿晃说得没错啊。你不也一样吗？你也没办法和要揍你的人交朋友吧？如果有人打了你，你还会很喜欢他吗？"

"不会。"

"如果你说'我要揍你'，别人就会远离你。要是有人威胁你，你就没办法喜欢他。可是，你不喜欢某个人，却肯听他的话，说明你在寻找机会，早晚你会发起反击。虽然现在你听对方的话，但是等你力量强大以后就会反过来打击他。那可不算是朋友啊。拓海，你要好好跟阿晃道歉。"

但是，拓海迟迟不肯向阿晃道歉。用他的话说就是"因为道歉了就等于我输了"。

对于拓海来说，上下关系才是一切。那是福利院中唯一存在的一种人际关系。孩子之间也好，孩子与职员之间也好，全都是输赢关系。而且，"一旦道歉就等于认输"。

该辅助人员出场了。健人作为大哥哥，给拓海讲了男人的规矩。

"拓海，你真的太没风度了！男人就应该爽快地道歉，那才叫帅呢。你对阿晃做了坏事，却磨磨蹭蹭地不肯道歉，和痛快地说声'对不起'相比，你觉得哪个更帅？你心里想的输赢，是微不足道的小事儿。从大的格局来看，你很没风度，也很不体面。你不想变帅吗？"

"我想变帅。"

于是，拓海对阿晃说："对不起，我错了。"而且还不止一次，在学校里也追到阿晃班里去道歉了。

就这样，拓海的情况逐渐稳定下来了。

四年级的班主任非常理解拓海，根据他的能力、按照他的进度教他，所以他的学习能力进步飞速，令人瞠目结舌。

"不仅加法和减法，他还学会了乘法。连老师都吃惊地说'没想到他变化这么大'。"

在家里做汉字习题的时候，刚开始一遇到不会的题他就烦躁，甚至把纸撕破，但是慢慢地能够踏踏实实地努力答题了。他的学力水平原本相当于小学一年级学生，通过不懈的努力，虽然只是一点点地提高，但是也积累到了一定水平。与此同时，拓海心中产生了自信，以前总是马马虎虎，觉得"反正我是笨蛋"，现在变得对学习有热情了。

但是，升入五年级之后，情况突然变差了。新的班主任是一位经验较少的女教师，而且她是第一次教特殊教育班。

朋子经常听班主任说"我该怎么办啊？怎么才能……"。

低年级有个孩子患有阿斯伯格综合征（一种广泛性发育障碍，主要表现为人际关系障碍、交流沟通障碍），他在拓海后面追着喊"笨蛋、笨蛋"。不管他说什么，拓海每天都忍着。

有一天，那孩子一直执拗地跟在后面喊"笨蛋、笨蛋"，拓海实在忍无可忍，就用强硬的口吻吓唬他说："你要是再说，我就揍你！"

在拓海看来，自己只是嘴上吓唬一下他。但是班主任觉得万一体格庞大的孩子打了低年级孩子的话就麻烦了，于是从背后抓住拓海，倒剪双臂摁住了他。

那一瞬间，拓海哇的一声大喊，在恐惧心理的驱使下，条件反射般地一拳打向老师的脸。

受过虐待的儿童一旦被别人从背后按住，就会感到巨大的恐惧。这是绝对不可以采取的行为。在那一瞬间，拓海感觉一股巨大的恐惧袭来，只是出于条件反射想要保护自己而已。

班主任一溜烟地逃进了教师办公室。她哭诉道："我被打了！"然后直接回家了。

这下酿成了大祸。

结果，班主任的精神状态变得不稳定，直接离职了。

此事不仅在学校引发了一场大风波，还惊动了教育委员会。

朋子和义雄虽然去学校道歉了，却遭到了教师和家校联合会歇斯底里的责难。

"你们家孩子暴力倾向很严重，都把老师逼得患上精神疾病了！"

"为什么这种孩子会待在我们的城市？还是把他送回他父母那里吧！"

"老师想要教他学习，他却根本没有学习的心思！"

这些主观臆断让朋子和义雄以及分管他的儿童福利司都感到很气愤。

围绕拓海引发的"事件"，进行了一次协商。

出席人员有代表学校方的校长、教务主任、新班主任，两名教育委员会的工作人员，三名民生委员；拓海这边只有两人——朋子和儿童福利司。

学校方面当着朋子的面主张"劝退",用他们的话说就是"这孩子本来就不属于这个地区,应该把他送回他本来所在的地方"。看他们的态度,似乎差点就要说"赶紧把这孩子送到别处就行了"。

朋子觉得他们说这话背后的意思是自己的院子里不需要垃圾。朋子站起身来说:"他的学习跟不上,不是他的错,是以前的环境造成的。我们就生活在把他变成这样的社会当中。"

朋子劝自己要尽量保持冷静。她盯着所有出席人员的面孔,继续说道:"他在上四年级的时候,经常说长大以后很痛苦,还不如死了好。为了不让他这样想,让他觉得活着真好,能够珍惜自己和别人的生命,至少可以赚钱养活自己,觉得自己挺能干的,我们正在为此努力不是吗?"

会议室里鸦雀无声。

"他在以前的生活中学会了用暴力解决问题,我知道他有这种倾向,他自己也在努力克制,我也打算帮他改变。他之所以会变成这样,是社会环境造成的。他是在社会抚养机构染上了那种坏习惯,所以我们大人以及整个社会必须接纳他。我认为他是受害者。当一个遭受过虐待的孩子被人从背后按住时,他有时候会感到恐惧,从而产生过激反应,这是他们的特点。学校方面难道不应该在理解这一点的基础上处理此事吗?"

面对朋子的恳切提问,学校方的回答是:"不,我们毕竟不是这方面的专家。"

针对那些需要特殊教育的孩子们,领导断然说自己"不是专家"。这到底是怎么回事呢?

朋子应该说的话只有一点。

"我不是他的亲生母亲。但是,在他走上社会之前,我想好好守护他。"

到了这个时候,一名民生委员终于开口说话了。

"既然养父母都这么为孩子着想,学校方面就此撒手不管不太好吧。"

接任特殊教育班班主任的男老师也表示愿意协助。

"这是我们必须做的事啊。一起努力吧。"

拓海比以前更加努力克制自己。这次协商之后,特殊教育班里经常会有3名左右教师前来监督。也可以说学校把"管理"放在了第一位。

没过多久,有一天拓海发飙打破了玻璃,接到联络后,朋子匆忙赶往学校。

来到教室一看,拓海正在打破的玻璃那里嚎啕大哭。他背着抽绳背包,看来应该是回家之前发生的事。

朋子问新班主任:"发生了什么事,才闹成这样的?"

"没人惹他,他自己就发飙了。"

朋子心想,那绝对不可能。应该是有什么原因。

"那,在他发飙之前发生了什么事?"

"他从来都不肯把学校发的通知单带回家,我就对他说'今天一定要带回去',结果他就火了。"

朋子很有把握,拓海不可能因为这点事就发火。

"应该是拓海正要回家的时候吧?因为我看到他背着抽绳背包。"

"是的,因为他打算不带通知单就回去,我就说'怎么?

你不带回去吗？拿着吧！'，结果他说'今天算了'。"

拓海正要回家，结果被老师留住说教，于是他顶嘴道："反正，那么多汉字，我也不会读。"

朋子推测，估计就是因为这句话，老师才开始赌气的。

恐怕是老师扯着拓海的包，想要强行用力把通知单塞进去吧？拓海会不会是因为被用力按住了，才强烈反抗的呢？

朋子的脑海中浮现了那样的画面。

"老师，以前的班主任老师想让孩子带通知单回家时，都是夹在联络笔记本里。"

"原来还有那种东西啊？我不知道。"

教室的一个角落里堆放着全班同学的联络笔记本。

"在这里啊。"

"还真是。"

之前的班主任没有好好地完成交接工作，新老师又无视特殊教育班里的孩子已经接受的方式，明明是学校方面没有处理好，拓海却因为打破了玻璃受到了责备。

"这孩子还是无法控制情绪。"

"父母嘴上说得漂亮，并没有好好抚养啊。"

最受伤的人是拓海。

"老师想把我赶走。"

朋子不忍看拓海如此伤心，于是咨询了主治医师。

主治医师提议说："那就让拓海住院吧。哪怕只是住3个月，我们来保护他，让他远离学校。让他在这里稳定下来，逐步学会控制情绪吧。我来向学校解释。"

主治医师把学校方面的负责人叫到医院，详细说明了应当

不知道自己生日的女孩

如何对待拓海，这样一来，等他出院以后，学校还会接收他。

这次住院是"为了保护拓海免受学校伤害"。不过，高桥家的孩子们非常担心拓海。

"虽然周末他可以回家过夜，阿晃和其他孩子还是很担心，反复问'妈妈，拓海什么时候回家啊？'，仔细想来，阿晃以前根本没有这么关心自己的伙伴啊。"

朋子告诉主治医师，说孩子们很担心，医生微微一笑说："他有盼望他早日回来的家人，所以没什么好担心的。只有学校让人不放心啊。"

朋子每天都切实体会到"家人之家的好处在于孩子们会一起成长"。

拓海刚来高桥家时，总是对周围保持警惕，神经高度紧张。美由纪比他来得早，以前辈的身份对他说："我以前也和你一样，怀疑那些大人，心里总是感到不安，老喜欢发脾气。可是，就连那样的我都改变了，所以你也会幸福的！"

在同一个屋檐下生活的过程中，孩子们作为"高桥家的娃"，会产生纽带意识。对，就像真正的兄弟姐妹一样。

"每个孩子去了学校，都和普通孩子不一样，背负着心理创伤，但是回家以后，他们就会感到安心，因为有和自己一样的伙伴。这样一来，孩子们之间就会互相扶持，共同成长。作为我个人来讲，哪怕某个孩子引发了问题，由于孩子比较多，注意力会被分散，所以不会被逼疯。同时抚养多个孩子的好处就在于彼此都有可以逃避的地方。"

话是这么说，朋子却总是认真对待每一个孩子，令人不禁佩服。6个孩子都喜欢找妈妈，黏在她身边倾诉各种事情，她每次都耐心地倾听每个孩子的讲述，并认真地回应，从不敷衍。

拓海也是如此。他嘴里喊着"妈妈"，庞大的身躯紧紧地贴在朋子身上。而且，他叫"妈妈"时那高兴的表情啊，简直了！

看到朋子的情形，我不由得回想自己抚养孩子的过程。面对孩子的倾诉和提问，我是否像朋子那样认真地从正面回应了呢？我是否每天都真诚地倾听孩子们的想法了呢？我感觉很多时候，我都是忍不住嫌麻烦，就敷衍了事了。

家人之家还有一个好处，那就是不存在"18岁的年龄障碍"。举个例子，假如美由纪想上大学，朋子打算帮她负担费用。据厚生劳动省统计，截止到2013年5月1日，在儿童福利院长大的孩子升入大学的比例为12.3%。政府会发放一笔安置费，名曰"大学升学等自立生活安家费"，但是不负担学费。虽然这条路并不轻松，但是只要有利于美由纪自立，朋子愿意想方设法筹措学费，帮她实现升入大学的梦想。美由纪刚来到高桥家时，对待学习马马虎虎，她说"我要当陪酒女郎，不考大学"。朋子让她参加补习班，又请辅助人员单独辅导她，结果她的学习能力有了很大提高，如今她正在准备中考，目标是当地屈指可数的升学率很高的学校。

就算每一个孩子将来都会离开家自立，这里还有他们可以归省的"老家"。女孩回娘家生孩子也可以，无论长到多大，只要他们愿意，就不会断绝关系。因为他们是"家人"，是"亲子关系"。福利院很难做到这样。

小学六年级的夏天，拓海面临着一个课题：选择升学的去向。

到了这个时候，学校方面也认可了拓海的努力，给他高度评价，守护他按照自己的节奏成长。一出什么问题，高桥夫妻就会前往学校应对。看到他们竭尽全力的样子，学校也逐渐理解了家庭抚养这种制度，觉得他们虽然是养父母，却"认真履行了父母应尽的责任和义务"。

"我觉得以前学校根本不了解家人之家是什么。他们觉得反正我们肯定无法取代父母的作用。我觉得现在他们明白了，其实我们和普通家庭一样。"

据说修学旅行时，拓海不愿意和同学一起打车出行，班主任老师特意单独陪他打车，游览了寺庙等观光景点。学校接纳了拓海，大大地增强了他的自信心。

那么，是读公立初中呢，还是读特殊教育学校呢？他该何去何从？

无论哪种学校，朋子都陪拓海参观了好几次。其实，朋子和义雄都认为去特殊教育学校比较好，因为"可以和大家做同样的事"。但是，此事应当由拓海做决定。

很快就到截止期限了。两人将拓海叫到别的房间，问他"打算怎么办"。

拓海明确回答了自己的结论。

"我原来觉得，普通初中有我认识的朋友，比如特殊教育班的学长，去读初中也行。但是我很害怕其他班里的很多孩子。我要是去读初中，很多事都做不到。肯定也没办法参加社团活动。所以，我打算去特殊教育学校。"

真是令人吃惊。没想到他竟然能够如此客观地审视现在的自己,经过深思熟虑后作出决定,并明确表达出来。朋子激动得都快哭了。

"好棒啊,拓海!你真的好棒!"

她发自内心地感觉到了拓海的成长。原来这孩子已经长这么大了。

不过,既然他选择了特殊教育学校,有些事需要提前交代一下。

"特殊教育学校里有些孩子的智力存在严重障碍。所以,绝对不能用力量支配他们。这次反过来你得教他们、帮助他们。"

"嗯。"拓海郑重地点了点头。朋子试着问了他一个问题:"说不定班里的孩子又像以前那样喊你'笨蛋、笨蛋'。到时候你打算怎么办?"

拓海的回答让朋子完全没有预料到。他说:"这个问题我昨天问过阿晃。他对我说'使用马耳东风技能就行'。他说'万一有人不停地用语言攻击你,你就把耳朵塞住。如果还是忍不了,你就逃到老师那里去'。所以,他说不要紧。"

不知不觉间,这些孩子竟然……完全正确啊!朋子的眼里盈满了泪水,她想为阿晃和拓海鼓掌。

对了,拓海还讲过这样一件事。在特殊教育班,有人瞧不起阿晃,说:"你弟弟上小学四年级吧?长得好矮啊!"

他反驳道:"你知道吗?阿晃很聪明的。他学的东西我都看不懂。阿晃自己生闷气的时候也在学习。所以,他聪明是理所当然的。"

阿晃平时有多努力，拓海一直都看在眼里，也记在心里了。

在高桥家，阿晃也是一个非常特别的孩子。阿晃患有阿斯伯格综合征，在社交方面存在障碍，不过他能做出来相当于六年级水平的算术题，展示了自己的天赋。

有一天，他问朋子："我能在这个家里待到什么时候？"

问题来得很突然，朋子爽快地笑着回答道："只要爸爸妈妈还活着，你就可以一直待在这里。就算你将来结婚了搬出去了，也可以随时带着老婆孩子来啊。"

阿晃咧着嘴笑了笑，提出了一个宏伟的计划。

"那爸爸妈妈活到一亿岁吧。等我有钱了，就把这个房子改建一下，地上建一百层、地下建一百层，大家都住一起吧。"

拓海已经不再想用暴力制服别人了。

不过，最近只有一次，又在老师面前道歉了。

那是关系到阿遥的事。她哭着回来说，上完家庭生活课回来的路上被特殊教育班的男生戏弄了。他说什么"我还以为是谁呢。原来你是拓海的妹妹啊！"，还不停地用绳子抽她。

"我当时很害怕。所以也没敢看他胸前的名牌，不知道他是谁。是个男生呀，一直用绳子抽我。"

阿晃和她在一个班里上课，心里大概猜到了是谁。拓海听到对方的名字后气得发抖。

"原来是那小子！他竟敢那样对阿遥！"

"拓海，你没有确凿的证据，不能轻举妄动哈！"

拓海记住了朋子的叮嘱，刚来到学校，结果那个男生主动对拓海说："你妹妹真好玩儿啊。抽她也不出声。"

话音未落，拓海猛地跺了一下脚。

"你小子竟敢欺负我妹妹！"

拓海虽然气得发抖，却攥紧拳头，强忍着没有动手。

学校认为双方都有错，各打五十大板。拓海回到家里却受到了大家的交口称赞。他现在已经成为保护阿遥的英雄。爸爸和妈妈也露出了意味深长的微笑。

"拓海，你干得好！"

第四章

明日香
——"当奴隶也没关系,我想回去"

冈崎明日香是个称自己为"奥莱"①的女孩。

2010年6月，刚来到家人之家"川本之家"时，她才上小学五年级。

现在她已经不在"川本之家"了。她只在这里住了一年半时间，从五年级到六年级的12月。而且，升入六年级以后，她的状态每天都在倒退，就像原本茁壮成长的嫩芽自己拒绝生长一样。

"川本之家"的"妈妈"川本恭子目睹了明日香的状态由明转暗的急剧变化。这一变化的起因是明日香的生母在她耳边说的一句话："和妈妈一起生活吧"。

就这么一句话，击垮了明日香积累起来的一切，让她产生了与母亲在一起的强烈愿望。

2012年夏天，我第一次访问"川本之家"时，自然没有见到明日香。恭子长吁一口气，发出了呻吟般的低语。

"好可怜啊。我觉得我是第一次见到那么可怜的孩子。她的命运变得越来越悲惨……"

恭子本来一副很爽朗的样子，谈吐之间充满了幽默感，一提到明日香，突然流露出了极度悲伤的情绪。

---

① 男性专用的第一人称，一般对同辈或晚辈使用，因汉语中无对应说法，故采用音译。

明日香的存在，也许就像压在恭子心底的一块秤砣。回忆起她难免会伴随痛苦，我作为旁观者也能清楚地感受到这一点。

2013年1月，我再次前往川本家。我想更加详细地了解明日香的故事。因为前一年秋天曝光的某个女孩被虐待致死的事件一直萦绕在我心中。

2012年10月1日，由于广岛县府中町的一名母亲的暴力行为，导致堀内唯真（11岁）死亡。唯真去世时才上小学五年级，和初到川本家的明日香一样。

唯真死亡的原因是被其母亚里（被捕时28岁）"用练习高尔夫的球杆满屋子里追着打了大约30分钟"。据被告供述，她用橡胶材质的杆头多次殴打了女儿的头部。唯真的死因是出血性休克。

殴打孩子的理由是"她撒谎，为了教训她"。

唯真全身上下有多处旧伤，全都集中在被衣服遮住的部位。警察自然怀疑这是日常性虐待造成的。

母亲离婚后，以抚养困难为由将5个月大的唯真送往婴儿院，打那以后，唯真就一直生活在福利院里。她的身体记忆中，是否有一丝母亲的痕迹呢？比如乳房或臂弯的温暖等。恐怕没有吧。我只能这么想象，因为无论是喂奶、洗澡、喂辅食，还是换尿布、把尿，这些工作全都是在婴儿院由工作人员完成。然后孩子到了3岁，就会自动被安置到儿童福利院中。

婴儿院这种设施的作用是代替家庭抚养那些无法在家庭中养育的婴儿。原则上儿童福利院抚养的都是1岁以上的儿童，而婴儿院主要抚养刚出生的新生儿到不满1岁的婴儿，多数情况下他们在婴儿院生活到2岁多，3岁开始转移到儿童福利院。

截止到 2013 年 10 月 1 日，全日本共有 131 所婴儿院，约有 3000 名婴幼儿生活在这些设施里。

那些婴儿为什么会离开父母身边、在婴儿院生活呢？根据截止到 2013 年 2 月 1 日的《针对儿童福利院收养儿童等的调查结果》（厚生劳动省），关于收养原因，回答最多的是"母亲的精神疾病等"，占 21.8%。值得注意的是归类为虐待的原因，有"双亲的不闻不问或怠养""双亲的虐待或任意驱使""拒绝抚养""遗弃"，这几条合起来共占 27.1%，成为最大的收养原因。

联合国在《关于儿童暴力的全球调研》（2006 年）中指出"4 岁以下的孩子出现发育风险和精神创伤的现象更严重"，并发出警告："研究发现，尤其是寄养在福利院里的婴幼儿（0—3 岁）更容易出现依恋障碍、发育迟缓以及神经萎缩造成的大脑发育风险。"

本书第一章中提到的"杉并区虐待养女致死事件"的受害人渡边美雪也是刚出生没多久就被寄养在婴儿院的孩子。成为被告的养母铃池静收养美雪一个月后，在 2009 年 10 月的博客中这样写道："最近几天，养女的眼睛有时会向左右分散……有时候翻着白眼追过来……持续出现这种僵尸现象……"

一位 50 多岁的男性收养了一名出生后 5 天就被寄养在婴儿院的男孩，他说听到"僵尸"这个词的时候，能想象到是什么样子，因为自己的养子也经常双眼无法聚焦。

"一直在婴儿床上躺着的话，视野中缺少会动的东西。我听专家说，这会使得人放弃看东西。当一个人放弃视物时，他的瞳孔会向两侧分散。我觉得婴儿院一味地让孩子躺着的抚养方式存在很大的问题。"

第三章中出现的养女彩加刚从婴儿院来到高桥家的时候,也是面无表情,虽然不至于被称为"僵尸",但是据高桥朋子说,"是个像机器人一样的婴儿"。不过,另一方面,她对食物的执念非常强烈。

"你知道那种 5 个一包的小奶油面包吧。她刚来我家的时候,听说她喜欢有馅儿的面包,所以我就给她买了一包,结果她双手各拿 1 个,嘴里衔着 1 个,一副气势汹汹的样子,生怕别人拿走剩下的两个。她当时才 2 岁啊。"

朋子说:"那可是一家评价很高的婴儿院呢。"

据说彩加在医院的候诊室里和别人对视以后,无论对方是谁,都会黏在别人身边,打开那个人的包,将里面的东西一个个拿出来,反复上演这种行为。

朋子分析道,这是因为福利院中没有私人物品这个概念,而且无法和别人保持适当距离是患有依恋障碍的孩子的典型特征。

我采访时去过的婴儿院为了"在更小的集体中让孩子和负责抚养的人形成依恋关系",多年来付出了很多心血。给每一名婴幼儿配备了专属的职员,只有这位专属职员负责抱孩子或喂奶。他们试图通过这种制度让孩子与该职员形成依恋关系。在专属职员休息的日子,则由充当"爸爸"角色的职员照顾这个孩子,该职员被称为"幕后负责人"。

他们尽最大努力做到"妈妈"般的抚养方式,比如喂奶时抱着孩子正视他的眼睛,洗澡时职员脱光了一起进浴缸,专属职员在喂辅食的时候也会笑着跟孩子说话,等等。

婴儿吃完饭以后,职员对正在参观采访的我说:"请您和我一起在孩子们面前吃同样的食物。"我问她这样做有什么意义,她解释道:"如果不给孩子看我们边吃饭边说'真好吃啊'的场面,孩子就不会明白大人也要'吃饭'。"

这正是福利院的窘境。如果不这样格外用心,孩子们甚至没有机会目睹、学习"吃饭"这种理所当然的日常活动。他们和在"家庭"这一全家人共同生活的场所长大的孩子难免存在根本性的差异。

即使在那些将"依恋关系"的形成作为首要任务并有意识地推进相关举措的福利院,要想让孩子对福利院的职员产生信任感,让他们觉得对方"总是陪在自己身边,让自己安心"并非易事。在福利院长大的孩子不可避免地会被依恋障碍的问题纠缠上。

因此,日本政府现在的方针是尽可能在早期阶段为孩子寻找到养父母。

唯真也是在婴儿院长大的孩子,只了解福利院里的生活。长到4岁时,她母亲向儿童庇护所提出"想和孩子一起生活",并承诺会和孩子的外祖母一起抚养。于是,唯真被生母接回了家,第一次体验到了"家庭"生活。

然而,3年后邻居和小学都报警说她遭到了虐待,她被儿童庇护所救助后,从小学二年级开始再次进入儿童福利院生活。

据媒体报道,外祖母说唯真很难抚养,说她在家期间总是随意地到处跑,在朋友家撒谎说"家里人不给我饭吃",其实这些表现都是被称为"反应性依恋障碍"的症状。

回到福利院后,唯真经常哭诉"想回家,想和妈妈一起生活"。

她读四年级的时候再次回到了母亲身边，一年半之后不幸离世。唯真的愿望终于实现了，等待她的却是被母亲杀害这一最残酷的结局。

明日香也是从 3 岁开始一直在儿童福利院待到上小学四年级的孩子。她之所以能离开福利院，也是出于在她外祖父家过渡一下的方针，归根结底，前提是"母亲早晚会来接她"。但是，她在外祖父家无法适应，于是被安置到了家人之家。

明日香刚来的时候，"川本之家"只有两名养子，分别是上小学二年级的龙也和一年级的和树。恭子和阿勋夫妇都是五十出头的年纪，亲生的子女有读初二的儿子大辅和读小学六年级的女儿叶月，一家六口生活在一起。

2010 年 6 月，明日香和她的生母以及分管她的儿童福利司一起来到川本家，她对出来迎接的恭子快速地点头行了个礼，一开口就说："这里可以玩游戏吗？奥莱特喜欢玩游戏，没有游戏的话我就活不下去。"

她是一个称自己为"奥莱"的女孩。

我开门见山地问恭子："明日香是个什么样的孩子？你对她最初的印象怎么样？"我还没见过明日香，可能也没有机会见到她了。我想在心中描绘这位少女的具体形象。恭子一点一点地向我描述，仿佛是在确认自己的记忆。

"刚见面时？我想想啊，她那时候就像一只大猩猩。"

恭子大笑着说。啥？大猩猩？用这个词来形容少女真是太过分了。

"她身体很庞大，又高又壮……"

恭子回忆着一件件往事,笑得停不下来。

"她长得不好看,体毛很浓密。头发很长,但是乱蓬蓬的。就像深山里的女妖怪。估计她从来没有梳过头,也没有人教她怎么扎起来……"

歇了一口气之后,她又充满爱怜地说:"那孩子很可爱哦。简直就像杂草一样,没有人打理。我心想,脸上的胎毛也该刮一刮啊,头发要是用剃刀削薄一点也会更轻快……剪个刘海的话,应该也会可爱一些……可是这一切都无法实现。因为她妈妈一律禁止这些行为。"

恭子直视着我的眼睛说:"明日香是个好孩子呀。本来我想让她在我家待到18岁,再让她走上社会呢。"

恭子的话里明显透着一丝不甘心。她反复说:"其实要是能待到18岁……"

"她妈妈对她说'你可以回家了',谁能敌得过啊。我们家的孩子也是,无论让他们受了多大的委屈,他们还是觉得'亲妈'好啊。"

她说这番话简直像是在劝解自己。"亲妈"这个词像扎进嗓子眼儿里的一根刺,在恭子的心里掀起了波浪。

明日香刚来那天,双手捧着的宝贝游戏机是"妈妈给买的宝可梦"。明日香得意扬扬地对当天刚见到的小学低年级的小朋友们说:"妈妈说因为奥莱很听话,所以才买给奥莱的。"

看着那样的明日香,恭子感觉,对于明日香来说,"妈妈给买的"似乎就是"自己活着的证据"或者说是"自己的全部骄傲"。

"妈妈"的存在就是明日香的精神支柱。对于唯真来说肯定也是一样吧。

谈到对明日香的生母的印象,恭子这样说道:"她妈妈很漂亮,长得很像演员木下优树菜。她好像才 30 岁左右吧。她喜欢在吊带衫外面配一件披肩。冬天也是穿一件吊带连衣裙,可能她很想露出来胳膊上的文身吧。从披肩下不动声色地露出胳膊,展示她的文身。"

她不到 20 岁就生下了明日香,紧接着又生了一个男孩,但是没过多久就离婚了。她说"带着孩子没办法工作",就把明日香和弟弟送进了儿童福利院。很遗憾,虽然有一个亲弟弟,明日香却没有什么"姐弟"的概念。因为他们所在的福利院将男孩和女孩分开抚养,两人之间几乎没有什么交流。

唯真和明日香的境遇十分相似。唯真也是她母亲在 17 岁时生下的孩子。说不定如今类似境遇的孩子并不稀奇了。

和唯真不同的是,明日香还有同母异父的弟弟和妹妹。生母将他们姐弟俩送进福利院后,又和别的男性同居,然后怀孕了。最终,她再次"奉子成婚",将户籍迁入了该男性家里,生下了一儿一女,一家四口生活在一起,没有再离婚。

山梨县立大学的西泽哲教授在自己的演讲中举例说:"最近被福利院收养的儿童当中,'奉子成婚'的年轻母亲生下的幼儿明显增多了。"事实上,我在 2011 年秋天采访某家儿童福利院并在那里过夜时深有感触,这些年轻的母亲"奉子成婚"生下了孩子,却又不肯抚养他们。

例如,我听说一名年轻的母亲将读小学一年级的施凪和上幼儿园中班的来梦音兄妹(看看她取的这两个名字!这就是传说中的乱用汉字的名字吧?)送进了儿童福利院,又和别的男人生下了三个孩子。据说这位母亲近期打算接这两兄妹回家。在旁观者看来，老实说，这条道似乎不会给他们俩带来幸福。不过，"如果孩子母亲有这样的愿望，估计他们就会被接走吧"。福利院的职员一脸苦涩地说道。

明日香从 3 岁到 10 岁期间一直在福利院生活，读小学四年级的时候搬到了外祖父家里。

外祖父和再婚的妻子住在一起，这位继外祖母和明日香相处得不太融洽，寄居生活很快就变得困难起来。

明日香所在的那家儿童福利院，在养父母之间的口碑似乎不太好。但是，在这种情况下，明日香竟然在那里是优秀的好孩子。

对此，恭子的看法是："明日香好像经常打小报告。这样一来，她就会得到特别奖励，比如带她去看棒球比赛啥的。她排挤别人，自己捞好处。她在福利院里被当成了好孩子。对，她在福利院里属于能干的孩子。不过也只限于在福利院里。明日香的继外祖母在领养了她之后似乎也吓了一跳。因为她是在全靠力量关系解决问题的环境中长大的。"

对于她来说，所有人之间都是支配与被支配的关系，非上即下。简直就是弱肉强食的世界。

明日香转学到了从外祖父家走读的学校，她在那里也用力量压制班上的同学。她身高体壮，又习惯了打架，总是自称"奥莱"吓唬别人，她懂得如何利用自己的"力量"。

可以说明日香也没有形成依恋这一成长的基础。虽然她母亲时不时地来福利院看望她，但是我感觉母亲并不是能让她感到安心的人。我反倒觉得，明日香为了博得母亲的欢心，一直拼命地讨好她。

据媒体报道，唯真曾对朋友说过"如果不听话就会被抛弃"。估计唯真和明日香一样，都在努力"想得到妈妈的认可""想成为妈妈眼中的好孩子"。她们口中的"母亲"并不是那种温暖的"依恋"对象，想起"妈妈"的时候也无法抚慰她们心中的痛苦与压力，反倒会勾起她们的紧张情绪。

明日香没有依恋对象，没有形成依恋关系，每当遇到无法如愿以偿的事，她就会勃然大怒，做出冲动的行为。

"开什么玩笑？你个老太婆！"

由于明日香无法控制激昂的情绪，继外祖母放弃了对她的抚养。

"其实呢，她内心非常地'小女生'。胆子又小，心思也像猫一样细腻。但是为了不让别人发现自己的软弱，她故意用低沉的嗓音说一些可怕的话来吓唬别人。"

原来恭子早已看透明日香是"虚张声势"。

"啥？那又怎么样？你说奥莱干啥了？"

明日香一开口就是"奥莱怎么怎么样"，摆出一副高高在上的姿态，吓唬那些小孩子。但是在恭子的亲儿子——初中生大辅——面前就泄气了，变成了"小女生"。

"一到大辅面前，她就表现得很可爱。她把身体蜷缩起来，一副楚楚可怜的样子。当她发现对方不肯搭理她的时候，就会慌慌张张地离开。我看着她那个样子就觉得好可爱啊。我心想毕竟她也是个女孩子呀。"

叶月是恭子的亲女儿，比明日香大一岁，两人很快成了好朋友。当时大家都住在一间"大通铺"里，两个女孩总是形影不离。原来家里都是男孩，来了个女孩，叶月也很高兴，能和她在家里一起玩了。

明日香转到了附近的一所公立小学里，和之前的学校一样，她被编入了特殊教育班。班主任是一位女教师，她了解了明日香的所有情况之后，像亲人一般给予了她指导。

"因为害怕班主任，明日香无论如何每天都得做 50 道题，哪怕哭着也得做完。哭也好，自己把椅子踢翻也好，她都没有放弃，一直都在努力。我心想这孩子现在就像即将破壳而出的小鸟一样。我觉得她有能力坚持下去。"

明日香读五年级的那个暑假，叶月对恭子说："明日香那孩子啊，不会背九九乘法表。"

恭子也知道，明日香做乘法的时候总是很费劲。而叶月一直在她旁边一起学习，所以看出来了根本问题。她明明都五年级了，却还不会二年级学的知识。难怪她的学习成绩一直提不上去。

恭子去找热心的班主任老师商量了一下。结果那位女教师说，暑假期间让明日香来学校，每天给她辅导 3 个小时。不只是明日香，叶月和其他孩子也一起。班主任有事的时候，就让校长临时救场。

为了回报老师的关爱，明日香也很努力。恭子一直在旁边默默地观望，看到了她即使感到痛苦也绝不放弃的姿态。她还每天坚持写日记，从不偷懒。明日香虽然感到苦恼却不肯放下铅笔，恭子一直陪在她身边。她终于记住了九九乘法表，一直坚持练习写作文，学习能力有了飞速提高。

"班主任真的很用心，明日香自己也很努力。因为以前没有体验过学习获得的成就感，所以她似乎也很高兴。第二学期的成绩获得了好评，这在以前根本不敢想象。以前她所有学科的成绩都很糟糕，甚至没法打分。所以成绩的提高肯定让她感到特别开心。"

恭子回忆说，那一阵子是她最开心的时光。明日香那开心的笑容仿佛又浮现在了眼前。

"那时候明日香非常开朗，我也真的很开心。"

叶月给我看了一张照片。

"这是我和明日香拍的唯一一张照片。她真的很讨厌拍照，只留下了这一张。是吧，妈妈？"

"是啊，那孩子很抗拒拍照。她不喜欢对着照相机笑。因为她想逞强，想装酷。"

那是她为了庆祝虚岁满13岁，身着盛装去寺庙祈福时拍的照片。虽然明日香比叶月小1岁，却比她高出一个头，块头也很大。两人都把头发扎了起来，戴上了发饰，穿着偏成熟的和服，开心地笑着。橙色的和服很适合明日香。她的眉毛很浓，黑眼珠又大又亮，脸蛋儿圆嘟嘟的，显得还很孩子气。照片上有两张天真无邪的笑脸，丝毫都不做作，她们离长大成人还很远。一身华服的明日香似乎很自豪，她的表情告诉我们，和好朋友叶月在一起很开心。

母女三人还曾一起开车去赶海。当时发生了一件事，让恭子意识到了明日香和叶月的不同。

三个人捡了很多花蛤。恭子一看旁边的老爷爷和小男孩的战利品，在她看来全都是"没法吃的中华马珂蛤"。

恭子对他们说："那些都不能吃，把我捡的送给你们吧。"

然后她又对叶月说："你也捡了不少，给他们分一些吧。"

叶月坚决表示拒绝。

"为什么？这是我捡的啊。没必要送给别人吧。要送你自己送就好了。"

恭子还没有要求明日香给，结果她却说："把我的分给他们吧。既然妈妈说让分享，就分我的吧。"

恭子心想，难道这就是在亲情守护中成长起来的孩子和没有得到守护的孩子的区别吗？

"明日香那么说，并不是因为她很善良。她是为了讨好我。其实她才不想给呢。因为她是那种占有欲很强的孩子。"

她以前就是这样看着大人的脸色，通过"拍马屁"活下来的。

例如，恭子只是无意间说了一句"听我说啊"，明日香就吓得一哆嗦，黑眼珠滴溜溜地转动起来。那是一种下意识的自我防御，仿佛是在说"奥莱可没干啥坏事儿"。

正如恭子感受到的那样，对于明日香来说，在川本家生活的那段日子，就是她主动剥掉牢牢困住自己的蛋壳的时光。随着蛋壳一点点剥落，明日香也逐渐变得开朗起来。

母女三人一起去买衣服也是一种乐趣。明日香以前只穿牛仔裤。

"叶月说'这件有点像AKB①的风格，很可爱哦'，明日香

---

① 日本大型女子偶像组合。

虽然有些不好意思，最终还是决定买那件花格子的无袖连衣裙。她虽然有些害羞，还是穿了对吧？"

"嗯，那件衣服很可爱吧。挺适合她的呀。"

叶月和恭子相视一笑。

恭子耐心地教明日香，要洗头、要用发刷梳头、内衣要手洗。明日香从小在福利院长大，卫生方面的事全都要从头学起。她以前到了生理期也任由经血流下来。所以恭子还教她使用卫生巾。

她和叶月一起去了美发店，修剪了头发，还留了刘海。恭子说"变得可爱多了"。

但是，这样做却招来了适得其反的效果。据说她和生母见面时，对方一下子变得歇斯底里起来，把她骂了个狗血淋头，责备她说"谁允许你动头发的?!"。穿裙子也是禁止事项，理由是"不适合你"。

每次和生母见面，明日香回来的时候都像一个"筋疲力尽的老婆婆"。因为她总是拼命地扮演一个"好孩子"形象。本来出游前计划在外面住两个晚上，结果由于明日香哮喘发作，只住了一个晚上就回来了。

即便如此，明日香也总是炫耀她妈妈。

"妈妈只给奥莱买了PSP①，妈妈很温柔。爸爸开的是一辆豪车，电视会从车顶降下来，价值500万（日元）呢。"

看着明日香对其他孩子那样炫耀，恭子感到很羞愧。

"明日香一和她妈妈见面我就生气，这是我的涵养不够。

---

① 索尼公司开发的掌上游戏机。

我的内心会发出一种声音：她妈妈有什么好？有什么值得炫耀的？一看到明日香回来的时候变得像一个疲惫不堪的老婆婆，我就会想，她妈妈有什么好?！你的哮喘在我们家不是一直没有发作过吗？"

明日香的母亲把她送回来的时候，她的弟弟和妹妹也曾到川本家来玩。

"她弟弟一副不可一世的样子，说什么'嘀！原来这里就是明日香的家啊，好破啊'。他还故意说'反正我要跟着妈妈回去啊'。但是，明日香会把她弟弟当作客人对待。总是卖力地讨好他。有时候用红外线给他发送宝可梦游戏里的角色。为了让弟弟妹妹满意，她总是对他们言听计从。因为她知道，如果弟弟不喜欢她，妈妈家里就没有她的容身之处。"

恭子不忍心看到明日香那低三下四的样子。

明日香第一次在川本家过圣诞节，恭子提议说"给你买个DS[①]吧"。因为她知道明日香早就想要一台，也想奖励一下她自暑假以来的努力。但是，明日香摇头说："妈妈说会给奥莱买 DS。"

然而，直到圣诞节之前的那个周末甚至平安夜，她都没有收到礼物。放寒假以后，明日香也不肯出去玩，每天都在等着收快递。

"看着明日香那副可怜巴巴的样子，我也很难受。到了新年她还是没有收到，我就对她说'我和爸爸给你买吧'，可是她坚决不同意。"

---

① 任天堂公司开发的掌上游戏机。

不知道自己生日的女孩　　**133**

最终明日香还是没有得到 DS。后来恭子远远地看到了她弟弟得意扬扬地向她炫耀 DS 的场景。

"她妈妈真的只是随口说说啊。一想到明日香的心情，我就很窝火、很气愤……既然不给她买，干吗说那种不负责任的话呢？还不如让我给她买呢。"

尽管如此，五年级的第三学期，明日香还是在川本家度过了一段幸福的时光。她狼吞虎咽地吃着恭子做的饭菜，和叶月一起开心地玩耍。就连恭子都觉得被她那天真烂漫的笑容治愈了。

"明日香喜欢吃我做的'他人盖浇饭'。因为这里是乡下，无论什么东西，我们都会大量购买后冷冻起来。是用这个冷冻猪肉做的……"

我去采访那天吃的晚餐正好是"他人盖浇饭"。恭子将冷冻猪肉切成厚片，扔进平底锅里炒，然后又把一堆洋葱切成大块，将肉包裹起来一起蒸，准备满满两大锅。这是恭子独创的做法。用咸甜口味的酱汁调味，再浇上大量蛋液，炖得松软滑嫩。

这款盖浇饭味道鲜美，凸显了洋葱的甜味，猪肉香嫩可口。明日香肯定也是嘴里塞得满满的，大口大口地吃得很香吧。

据说明日香很喜欢"乡下"特有的美味。附近有个鳗鱼养殖场，现杀现卖，价格很便宜。

"我买来鳗鱼，用陶炉的炭火烤。我用老抽酱油调制的酱汁味道也不错。明日香的吃相令人惊叹，她真的很能吃。虽然她必定会抱怨几句，但是总是坐得端端正正，吃得干干净净。"

五年级的第三学期，明日香每天努力学习，学习成绩也在不断提高。她在班里和男女同学关系都很好，和大家相处十分融洽。

"乡下的学校规模很小，每个年级有两个班，一个年级也就40几个人。明日香和大家混熟了，她又有运动天赋，所以很适应学校里的生活。"

不过……恭子话锋一转，继续说道："她缺乏自信，这可能是缺爱的孩子的共同特征吧。到了关键时候，她就会怯场，发挥不出来真正的实力。小学开运动会时，她不敢跳高。明明还可以跳得更高，却轻言放弃，缺乏'背水一战'的勇气。我想不明白她为什么会在这个时候怯场，甚至想从背后推她一把。"

来到川本家之后，明日香才体会到了上学的乐趣。在福利院生活的时候，她在小学里受到了歧视，被称为"来自那种地方的孩子"。在从外祖父家走读的那所学校，"为了不被别人瞧不起"，她总是虚张声势。但是，如今班里一派欢乐祥和的氛围。明日香这才知道，即使不用"力量"压制别人，也能和朋友愉快地相处。更重要的是，她能够靠自己的能力获得学习带来的喜悦了。有志者，事竟成。这种自信心让明日香变得更加乐观、积极向上、充满活力。

这一切，都是因为她获得了可以安心生活的环境。这里有恭子"妈妈"、阿勋"爸爸"、叶月"姐姐"，还有"哥哥和弟弟们"。和他们在一起生活的那些日子，对于明日香来说是一段静好的岁月。她既不需要保持警惕，也不需要讨好大人。

明日香终于明白了一点，这才是真正的家庭、真正的家人。

唯真留下了一封信,题为"写给妈妈"。

谢谢你总是给我做饭,为我做各种事情。
家务活我也帮不上忙,对不起。你上班的时候还要给我检查作业、听我朗读,谢谢你。
你做的饭很好吃,蛋糕也是。
谢谢你给我买自动铅笔和圣诞礼物,还有生日礼物。我光是给你写了一封信,对不起。不过,我还给你准备了一个海绵宝宝。妈妈,老是给你添麻烦,对不起。
我很爱你。

唯真

"老是给你添麻烦……"之后的字写得有点细,显得很无助。这封信的字里行间流露着少女希望从这个世界消失的想法。她那悲痛欲绝、自责不已的心情从信纸上扑面而来,让人觉得实在可怜。

读完信之后,我想对唯真说:你没有任何错。

你不得不在福利院生活,结果遭到了心爱的妈妈的责备。即使发生了那样的事,也是我们、是这个社会把你变成那样的……

不过……恭子说:"明日香升入六年级之后,开始在学校里胡闹,还打破了玻璃。我没办法冷眼旁观,把她现在的痛苦归结为过去的经历或者社会环境的错。明日香正饱受折磨,而我却没办法解决，这让我感到很痛苦。"

明日香欢快地笑着生活的日子，在她五年级的春假时就宣告了终结。

生母得知她在学校的成绩提升了，也许是觉得"这样就没问题了"，带着明日香出去玩的时候悄悄对她说："你现在也变成好孩子了，等到六年级的修学旅行结束后就可以来我家了。和妈妈一起生活吧。"

就因为这句话，明日香高兴得忘乎所以了。

恭子从明日香那里听说此事后吓了一跳，赶紧给她生母打了个电话。对方满不在乎地随口说道："修学旅行的时候我想让她和朋友一块去，一结束我就会把她接回家的。"

"你是认真的吗？那你跟儿童庇护所说了吗？"

"必须说吗？也太麻烦了吧。"

"因为是儿童庇护所把她安置在我家的啊，你怎么能嫌麻烦呢？既然要她回到你身边，你就得跟机构说清楚。"

结果，生母当时并没有向儿童庇护所提出申请。

其实，她说把明日香"接回家"，背后的目的好像是想让她帮忙照看弟弟妹妹。在孩子们去上学之前，生母就要去上班，所以早上家里只剩下读小学一年级和二年级的孩子。父母不在家，孩子们是否去上学就要看当天的心情。他们经常逃学，每次生母都会被叫到学校挨训。把明日香接回家，就可以让她把弟弟和妹妹带去学校，这样学校就不会啰里啰嗦了。这似乎就是生母打的如意算盘。

生母说的"接回家"这句话仿佛给明日香施了魔法，她后来变成什么样了呢？

恭子说："她慢慢地把自己在学校和家里的立足之地都毁了。"

明日香和班里同学相处得很好，学习也进步了，学校对她来说应该是一个开心的地方，可是她却开始亲手破坏这个环境。

"因为是乡下的学校，所以没有人硬要打架。可是明日香呢，比方说有个比较胖的孩子，她就故意叫人家'胖猪'。这不就是成心找碴嘛。先是说那种不该说的话，到了最后就动起手来。原来那么用功学习，现在也扔到一边去了。无论班主任说什么，她都不肯听了。"

在家里，她开始欺负小孩子。因为她知道，小孩子一哭，恭子就会感到为难。

"她会选择弱小的下手。首先是比她年幼的和树。集体走着去上学的路上，她会悄悄地用小旗子敲打他。我完全没有注意到。和树是个不善于表达的孩子，他突然开始出现一些怪异的行为。我心想好奇怪，他这是怎么了？他老是做一些莫名其妙的事，于是我不得不经常训斥他。"

和树说话说不好也是有原因的。他也是母亲在 16 岁的花季生下的孩子。不知道他父亲是谁，本来他母亲说好了和外祖母一起抚养他。可是从产科医院出院当天，由于小婴儿和树哭泣不止，这名年轻的母亲想着用吹风机的热量把他的嘴巴融化的话应该就不会哭了，所以一直对着他吹热风。结果和树的嘴巴被严重烫伤，直接被儿童庇护所救走了。

"福利司给我看了当时的照片，那简直不像是人脸。他被送进了福利院,在那里长到上中班的时候来到了我家。"

刚来的时候他已经5岁了,然而他的能力和身体看上去都像是2岁的孩子。恭子决定慢慢教导他。

"虽然他不太会说话,但是心里都明白,也有能力。我每天陪他一起泡澡,对他说'我们一起数数,一个、两个、三个……数到十个就出去'。和树怎么也学不会说'九个',他总是说成'求个'。但是过了3个月之后,他学会说'九个'了!我太高兴了,就拍了视频,发给了福利司!我心里想,哎呀,正是因为能体会到这种喜悦,我才没办法停止收养孩子的。"

我去川本家访问时,和树已经上三年级了。虽然他说话时有些口齿不清,却也能用稚嫩的声音小声描述自己的经历了。他对我说:"阿姨,今天啊,在学校里……"和树特别喜欢爸爸阿勋,一下班回来马上就黏在他身边。虽然他在特殊教育班里,汉字却写得很工整,学习能力也在逐步提高。

在明日香的压力之下,和树开始出现了"怪异的行为"。一名女高中生被紧急救助后暂时寄养在川本家,和树从要洗的衣物中拿出来她的内衣,偷偷藏了起来。

"晚上睡觉的时候,他把胸罩或者内裤塞进(为了防止尿床穿的)纸尿裤里,或者藏到被子下面。胸罩总是被和树的尿弄得湿淋淋的。我问他'为什么不拿明日香的,而是拿大姐姐的',他说'明日香的太脏,上面有便便'。"

恭子说明日香的内裤确实挺脏的。

"这也难怪,因为她没学过怎么擦屁股。"

恭子不能对和树的这种行为置之不理,于是批评了他,据说明日香在一旁看着，一脸开心的样子。

以前从来没有发生过这种事，所以恭子问了一下比和树大一岁的龙也，结果他说："和树去上学的时候总是被明日香骂，还被她用小旗子敲打。"和树估计是想用某种方式来化解被打后积累的压力吧。

恭子开始接送后，和树的情况就稳定下来了。恭子询问了明日香，结果她厚着脸皮回答说："和树不听话，奥莱是为了交通安全才教训他的。"

"以后和树的事不用你管了。反正是走人行道，而且这一带的道路一点都不危险。"

修学旅行结束后，生母来接明日香的时间又被延后了。

"这次她又说等暑假过后。每次她都会找各种借口。她只是根据当时的气氛配合对方随口说一些话。简直就像随手给对方一颗糖的感觉。对方得到糖的话，当时肯定会高兴吧。接回家和给颗糖是性质完全不同的问题，然而在她眼里都一样。可是，明日香很开心，因为妈妈对她寄予了期望，让她帮忙照看弟弟和妹妹……"

这名生母说话太随便，恭子根本无法相信她。正因为知道她并非真心想把明日香接回家，所以恭子想方设法希望明日香明白这一点。但是，明日香不惜破坏重要的东西，也要走和生母一起生活的路。

"也许她自己心里也明白，可是没办法阻止她。她在那条道路上越走越远，行为越来越荒唐。在学校里也老是惹是生非，有时候还打破玻璃。她在家里故意不吃饭。而且因为我们一起生活，所以她知道我的弱点，总是戳中我的痛处。你知道她都做了些什么吗？拿我和她亲妈比，或者和其他养母比较。"

明日香会抓住日常生活中的"弱点"发动攻击。例如，有时候饭菜的调味偏淡。在做家常菜时这是常有的事。但是，明日香不会放过恭子的"弱点"。

"那家的养母做菜真好吃啊！房子又新又漂亮，奥莱也想去那个家里生活啊。"

明日香经常故意拿恭子和生母做比较。

"妈妈为奥莱着想，买了这样的衣服。妈妈非常了不起，你恐怕做不到吧？"

正因为是"家人"，明日香才明白，如果伤了龙也与和树的心，恭子将会受到很大的打击。她故意对两人这样说道："妈妈非常疼爱奥莱。奥莱已经不属于这种地方了，因为妈妈非常喜欢奥莱，所以约定和奥莱一起生活。"

两个孩子因此变得情绪不稳定。恭子紧紧地抱住他们，拼命地安慰说："不要紧啊，爸爸和妈妈都在这里。"明日香在一旁嬉皮笑脸地看着。

"说实话，当时真想把她赶出去。"

恭子咬了一下嘴唇。

"同样是1000日元，在明日香看来，生母给的就有100万日元的价值。假设是我给她，那就只是'这么点儿钱'。我很难受，慢慢地我就不能为她做任何事了。"

放暑假以后，她原本计划长期待在生母家里，结果却被提前撵回来了。

"她母亲可能觉得她已经上六年级了，学习也比之前进步了，应该没什么问题了。可是，她毕竟是在福利院长大的孩子,很难和别人保持适当的距离,一遇到什么事就会出现暴力倾向。看到明日香那个样子,她母亲的新老公肯定会觉得'不需要那样的孩子'吧。她母亲也翻脸不认人了,因为要看新老公的脸色行事。"

第二学期,明日香的行为越发荒唐,整天胡闹,又哭又叫。

"想回去,即使被讨厌奥莱也想回去,想回到妈妈身边。"

看着哭泣的明日香,恭子感到很难过。

"那孩子哭得让我受不了。我心里一直在想,我们在你身边啊,虽然可能没办法帮你消除所有烦恼,但是会和你一起想办法。我想对她这么说。这不是讲道理,因为我们是一家人。"

明日香却不理解恭子的心情,将她拒之于千里之外。

"你又不是亲妈!"

"不要这么说。我和爸爸都陪在你身边,还有叶月,如果有什么你可以利用的东西,希望你尽管利用。只要你过得开心就好。还有,如果在你妈妈那里待不下去了,欢迎你随时回来啊。"

"我才不回来呢!"

"也不用那么讨厌这里吧?"

"少啰唆!你又不是奥莱的亲妈。奥莱的妈妈是个了不起的人。你肯定做不到吧?"

恭子深切体会到,被比较很容易让人失去理性。心中掀起万丈波澜,一股怒气涌向了不负责任的生母。

"有的人无法好好处理眼前的现实问题,把事情弄得一团糟，让别人来收拾残局，自己却站在远处笑着看热闹。明日香的生母就是这么对我的。我好不容易积累的成果，被她毁得七零八落……我好几次打电话对她说：'你要是做不到，就得明确告诉明日香。'"

恭子多次被叫到学校，每次都觉得不甘心。

"在我心里，明日香已经是我的孩子了。我明知道她很痛苦，身为'母亲'，我却没有任何办法解决。原因在于她亲妈，我必须收拾她亲妈搞砸的一个烂摊子，可是明日香本人并不领情……我没有什么可以为她做的了。"

每次明日香胡闹的时候，龙也与和树的情绪也会变得不稳定。恭子的精神状态也很难说是稳定的。

"福利院的职员是去外面上班，养父母的工作单位就是自己家，所以没有可以逃避的地方。总不能把孩子赶出去，所以一旦和孩子的关系变差，自己的精神状态会受到侵蚀，孩子也会乱来。这里只是普通的家庭，我不是职员，只是一个妈妈、一个阿姨。我想成为这个家的主心骨，可是却遭到了蔑视和排斥，这说明在孩子眼里，我不是'妈妈'或'阿姨'，只是一个'外人'。既然这样，我就想我没办法继续照看这个孩子了。"

那段时间，明日香将自己的感情融入到了"越狱兔"身上。这是一部动漫的名字，主角是两只坐牢的兔子，身穿横条纹的囚服。恭子缝了一个越狱兔的抱枕，明日香就紧紧地抱着它喃喃自语道："奥莱就是越狱兔。"

"她应该是无论如何都想回去吧。福利司也劝她了，医生也表示反对。可是她最后发展到逃避现实的程度了，她说'哪

不知道自己生日的女孩　143

怕当奴隶也没关系，我想回去。妈妈就像仙女一样温柔，无论什么愿望都会帮我实现'。"

看来即使继续挽留明日香，她也不会朝好的方向发展。

"此时劝阻她的话，只会让她心生恨意，觉得'大人全都碍手碍脚的'。我和福利司也商量了一下，既然她如此逃避现实、躲在自己的幻想里，就只能等她本人认清现实了，所以决定让她回到生母身边。"

明日香读六年级的那一年12月，从川本家搬到了继父家。

明日香离开川本家的事定下来以后，恭子趁她心情不错的时候，交代了一些希望她注意的事。

"在那个家里，即使发生了你认为不对的事，如果你说'不对'的话只会挨打，还会被当成累赘，所以你不要管。如果你觉得实在无法忍受，就向福利司或者学校求助，给我打电话也行。需要帮助的时候就联系我们呀！"

明日香一听到不想听的话，就会彻底关掉情绪的开关。

"可能那就是解离症吧。她面无表情地张着嘴，随手抓起一张纸刺啦刺啦地撕。因为说的是她不想正视的问题，所以不肯接话茬吧。"

恭子再三地叮嘱她，"希望她能记住一些，哪怕是塞进脑子里的某个角落也好"。

然而明日香只回了一句："啥？那又怎么样？"

这个态度让恭子很生气，一脚踢翻了她坐的椅子。

结果明日香用手捂着胸口，嘤嘤地哭了起来。

"我心想，我怎么会变成这个样子呢？为什么我不能更加冷静地、理性地处理这件事呢？为什么我在明日香面前无法保持冷静、这么感情用事呢？……"

那是因为恭子已经成为明日香的母亲。为人父母者，一旦涉及到孩子，就根本无法保持理性了。

到了此时，生母已经完全没了接她回家的想法。恭子觉得明日香应该也明白这一点。但是，明日香停不下来。对于明日香来说，"和妈妈一起生活"这个愿望已成为一个志在必得的目标，为此她不惜失去在学校努力积累起来的朋友圈和学习成果以及川本家的所有家人。

她都读六年级了，还抱住生母，用小婴儿般的口吻说："妈妈就是仙女儿，什么愿望都会满足我的仙女儿。"

正如唯真生前一直渴望的那样，"无论如何都要再和妈妈一起生活"。

"儿童彩虹信息研修中心（日本虐待、青春期问题信息研修中心）"的研修部长增泽高表示："大多数在福利院或者养父母家生活的孩子，都说想回到亲生父母身边。亲子之间的联系就是这么紧密。"

他们明明等于"被抛弃"了一次，为什么还会如此强烈地渴望回到父母身边呢？增泽部长解释说，关键词在于"丧失"。

"孩子需要依靠抚养者才能活下去。被安置到福利院或者养父母家就等于'被抛弃'了，可是他们不愿意承认这个事实。'被弃之不顾'给他们带来了强烈的不安和恐惧。但是，随着时间的流逝，他们必须直面这个事实，届时将会产生一种巨大的丧失感，让他们饱受折磨。人们在谈论虐待问题的时候，往往说它是一种给孩子带来精神创伤的经历，我认为最重要的关键词其实是丧失。"

母亲忍着腹痛生下的自己,是这个世上独一无二的存在,被她抛弃和割舍就意味着自己失去了存在的意义,这是一个迫待解决的问题。明日香和唯真宁肯放弃自我也要和母亲保持一丝联系。为了建立联系,她们选择逃避现实,不断地将自己的母亲理想化。如若不然,自己为什么要来到这个世上呢?似乎就失去了活下去的理由。确实,无论谁都很难像无根的浮萍一样活下去。

人们经常说"父母对孩子的爱是无私的",仅从虐待现象来看,我觉得恰恰相反。孩子对父母的爱才是无私的。

"你呀,现在用的是川本这个姓,回来以后就得用原来的姓了哈。"

生母一走进校长办公室,就对明日香开门见山地说了这句话。

在 12 月转学之前,为了和新学校做好交接,恭子和分管明日香的儿童福利司一起将她带到了学校。学校方面由校长和班主任老师出面接待了他们。生母来晚了,却连招呼都不打,直接向女儿宣布了自己的决定。

所谓原来的姓是指"冈崎",这既不是生母现在的姓,也不是她娘家的姓[①],而是她的前夫也就是明日香生父的姓。生母一开口就是命令明日香今后使用和弟弟妹妹不一样的姓,当然和她自己现在的姓也不一样。

---

① 日本女性一般在结婚后改为夫姓。

接下来她又喋喋不休地提了各种各样的"条件"。

"在我们家,只有你的姓不一样哈。记住了,叔叔说的话你全都得听。弟弟和妹妹说的话你也必须听。你还得照顾他们俩。我不在家的时候,你要按时把他们俩带到学校去。另外,早上要把该洗的衣服全都放进洗衣机里洗好哦。明白了吗?"

明日香看着地面点了点头。

"嗯,那样也行,没关系。"

恭子觉得明日香很可怜,就对她说:"明日香,不要勉强自己。你在我们家也不会做那些事啊。"

分管她的儿童福利司完全被生母的气势压制住了。

女校长把她母亲叫到自己面前说道:"你呀,现在对这个孩子说的事儿,都是你应该做的呀。你把本该自己完成的事儿交给一个小学六年级的孩子去做,是想享清福吗?让孩子去上学,是你的责任呀!"

"所以我才让明日香替我做的。"

"你呀,现在也是,每周让孩子迟到几次?"

"所以啊,每次联系我,我不是都把他们带来了吗?"

看着她们的对话,恭子惊得嘴巴都合不拢。校长对恭子解释说:"川本太太,我每周都会让明日香的妈妈来我办公室一趟,就像这样跟她谈话。因为好像没有人肯对她说这些话,所以我才出面交代她,让她早上按时把孩子送到学校来。"

生母根本不为所动。

她说:"老师,你太讨厌了!干吗要跟川本太太说这些?你太坏了!"

恭子用自嘲的口吻说道:"当时我心想,哎呀,这真是一个开心的家庭啊！这个家庭只顾自己开心，完全不在意社会交际。她妈妈听了校长老师的话也不觉得难堪，挨批评了也不当回事儿。"

恭子觉得明日香可能预料到这样的结果了，却还是铁了心要回到生母身边。

校长对明日香说："你从 12 月开始就是这个学校的学生了。你以后可能会遇到很多问题，现在这么多大人是为了你才聚集在一起的。有什么事儿记得找我们商量呀，别忘了哈！"

到了这个时候，明日香的眼泪才扑簌簌地流了下来。

生母毫不在意明日香的眼泪，一看到她的行李，就发出了尖叫："这么多东西，往哪里放呀！"

当天，明日香带着行李又回到了川本家。到了晚上，生母给恭子打来了电话。

"我还有补充条件。明日香只能在叔叔面前玩游戏。请你转告她，要是她愿意接受这个条件，就可以回来。"

继父一般晚上 10 点或 11 点回家，这就等于宣布明日香除了周末以外不可以玩游戏。弟弟和妹妹却随便什么时候都可以玩……

明日香就这样离开了川本家。

"我心想，既然明日香已经离开了这个家，就算是归还（给她亲妈）了。她走了以后，和树与龙也都如释重负般地在铺了榻榻米的房间里滚来滚去。两个人笑眯眯地瘫在地上，一副彻底放松了的样子。因为他们一直都忍让着明日香。明日香总是压制他们，而我也有些神经过敏。从这个意义上说，我们都快撑到极限了。"

无论谁都认为，明日香选的新生活不可能一帆风顺。恐怕明日香本人也明白这一点。但是，她无论如何都不想承认这个现实。

明日香离开3天以后，生母每日每夜都会哭着给恭子打电话。

"我老公对我发火，说明日香对弟弟很刻薄。弟弟说'让明日香滚出去'。明日香饭也不肯吃……"

"那孩子的词典里就没有不吃这个词，你要让她吃啊！"

"明日香也不换洗衣服，真是胡闹！"

"洗澡的时候不就脱下来了吗？"

"她也不洗澡。"

"你不催她洗她就不洗，你得告诉她。"

每次挨了老公的训斥，生母都会嚎啕大哭着打来电话。

"我老公说讨厌明日香这样的孩子。他老是骂我，责问我为什么要留她在家里。她弟弟也埋怨我，说'我们家不需要明日香'。这一切都是明日香的错！"

"你怎么想？你怎么看待明日香的问题？"

"晚上要送弟弟去学空手道，我又忙，本来以为明日香可以帮更多忙呢……"

后来有一阵子没有联系，恭子也松了一口气，以为他们总算磨合好了。一天晚上，她想了解一下情况，就打了个电话。生母接听电话后，开始喋喋不休地说起来。

"我老公的父母现在生病了，我们家也有可能分到遗产，所以我们住进了老公的父母家，每天都在照顾病人。每天早上我都得从那里把儿子和女儿送去学校，所以忙死了。"

不知道自己生日的女孩　　149

"明日香呢？她怎么样？"

恭子的身体不停地颤抖。明日香跟她继父家没有任何血缘关系，在那边肯定招人烦。

"明日香自己在家里。我姐姐就住在附近，会帮我给她做饭，我还给她留了一些钱，这样就没什么问题了吧？"

"不是这个问题！你竟然让孩子独自一人生活，你到底怎么想的？"

一个小学六年级的女孩子，独自一人生活了近一个月时间。恭子想起了那个破旧的出租房，就像一个大杂院，白天室内也有些暗，根本不像是开着价值500万日元汽车的家庭住的地方。竟然让小女孩独自待在那样的地方，哪怕是一天也很危险啊……恭子急忙联系了儿童庇护所。

儿童庇护所派儿童福利司去看了一下情况，说是没办法实施救助。

"川本太太，你干吗要多管闲事？我很困扰的！"

生母气势汹汹地打来了电话，恭子却想不出救助明日香的办法，感到束手无策。被生母接回去以后，差不多过了快两个月的时候，明日香在家里闯祸了。

"我也不清楚具体情况，好像是孩子们自己在家，明日香做饭的时候被她弟弟捉弄了，所以明日香忍不住拿起菜刀警告了一下他。弟弟向他父亲告状，他父亲表示'坚决不能和这样的孩子一起生活了'。于是儿童庇护所实施了救助。"

回到生母家里还不到两个月，明日香就被赶出来了，一对经验丰富的养父母收养了她。

拼命追逐的梦想破灭了，明日香的生活脱离了正常轨道。

这个家里只收养了明日香一个孩子,养父母出去上班的时候,明日香也不去上学,过着黑白颠倒的生活。夜深人静时,她就在客厅看电视。

"睡觉吧,已经很晚了。"

"少啰唆,你这个老太婆!闭嘴,臭老头!"

明日香不去上学,晚饭也不和养父母一起吃。一提醒她就发飙,上了年纪的养父母叫苦不迭。和孩子的关系变差之后,养父母没有可以逃避的地方,自己的正常生活也会受到威胁。恭子对此深有体会。

生母给恭子发了几次邮件:

"明日香老是抱怨现在这个家。她说还是在你那里好。"

恭子很想问她,这一切都是谁毁掉的啊?

儿童庇护所和明日香以及生母商量了一下,决定让她入住情绪障碍儿童短期治疗中心,那里都是需要特别护理的孩子。

分管她儿童福利司的想法是"不让她再回到川本家了",恭子也觉得这样比较好。

"这已经不是我一个人的问题了。要是明日香回来了,那两个小家伙又会变得情绪不稳定,毕竟我是这个家里所有孩子的'妈妈'呀。"

前文提到的儿童彩虹信息研修中心的增泽部长说:"(关于儿童虐待在儿童庇护所)进行咨询的案例约为 67000 件,其中需要救助的儿童占一成。从这个数字可以看出,面临严峻问题的家庭有多么多。获得救助的孩子并非一直待在儿童庇护所,让他们回归家庭虽然并不是坏事,但是为了实现这个目标,家人需要营造与孩子一起安全生活的环境。否则还有可能再次发生虐待现象。"

唯真就是因为回归了家庭才酿成了不可挽回的悲剧。明日香将母亲理想化后硬往前冲，结果受到了双重伤害。恭子说："明日香的美梦破灭了，我觉得也许是件好事。我不是在幸灾乐祸，我提醒过她结局会变成什么样，这样一来她就能认清现实了……"

要想弥补"丧失"的问题，既不能任由孩子怨恨父母、断绝亲子关系，也不能像明日香那样逃避现实、将父母理想化，重要的是接受现实。

增泽部长说："一个人到了青春期，就会回顾自己的成长过程。孩子必须接受自己过去的经历和现在的境遇。受过虐待的孩子产生怨恨家人的心情是理所当然的。但是，一直心怀怨恨，也不会有美好的未来。有不少孩子或者青年度过了痛苦的时期，如今生活得很充实，对未来也怀有梦想。我经常听他们说'虽然父母很过分，算了，都过去了'。从某种意义上讲，好像会萌生'原谅'的心情。"

情绪障碍儿童短期治疗中心是针对有轻度情绪障碍的儿童打造的设施。截止到 2013 年 10 月 1 日，全日本共有 38 所，接纳了 1310 名孩子。按照规定，每个设施至少配备 1 名医生，大约每 10 个孩子就要配备至少 1 名负责精神疗法的职员。设施内部会实施精神疗法。

在我所采访的那家设施，从小学一年级到高中三年级的孩子都有。职员对我说，他们都遭遇过严重的虐待，大多数人都曾去儿童精神科接受治疗。

一名小学五年级的女孩白天和我玩得很欢，我还陪她一起写了作业，到了晚上，她却像初次见面的大人一样向我鞠躬。熄灯后，她划伤了自己的手背，再让职员给她涂药止血、贴上创可贴后，放心地钻进了被窝。

一名初二的孩子擅长田径运动，总是嚷嚷着说"社团活动就是我的命"，晚上"兴奋得睡不着"，找职员要了速效的安眠药，吃下后才入睡。

接受采访的指导科长对我说："我总是对新来的孩子说'谢谢你好好活着'，然后和他们讨论接下来如何在这里生活、如何回归社会。这里没有大声说话的职员，因为在孩子们看来，大声就是训斥。我们也不敢脚步匆匆地跑来跑去，以免他们陷入恐慌。我们必须做到这个程度。因为这些孩子为了保护自己，一直处于高度紧张和警惕的状态。"

这家设施的所长多年来一直关注着孩子们的痛苦。

"孩子们遭到父母的抛弃或虐待，内心积蓄了岩浆般的怒火，非常痛苦。可是，不能逃避这样的成长过程，虽然痛苦，也只能正视并克服这个问题。"

这位所长本身就曾遭受过虐待，他从 10 岁到 18 岁期间就是在这家设施度过的。他说"青年期是最痛苦的阶段"。晚上，那无法抑制的怒火喷涌而出，他经常在无意识当中拿头去撞墙。他说在这里碰到的一位值得信任的"好老师"拯救了他。他觉得多亏了"那些萍水相逢的人给予的支持和帮助"，他才能有今天。正因为如此，他希望处于青春期的孩子们能够直面自己的人生经历，也想尽力为他们提供援助。

有一名读初二的女孩，用职员的话说就是"总算长成人了"。她刚来的时候读小学一年级，经常四肢着地爬着走，用手抓饭吃，嘴巴合不严，吃的东西会吧嗒吧嗒往下掉，平躺着的时候会像鲸鱼喷水一样呕吐。她会拿东西撒气，曾经踢伤了一位女职员，造成对方面部缝针。还有一位男职员被她从后面用圆规刺伤了后背。她很可能是代理型孟乔森综合征的受害者。

我在那里采访的那个晚上，她本来约好了和别的孩子一起泡澡，结果那孩子先进去了，见此情景，她的眼泪唰唰地流了下来，像小婴儿一样挥舞着双手，向那个孩子哭诉自己的悲伤。

"她总算长成人了。学会哭了，学会表达自己的心情了，这一切都是成长。我们的主要任务是贴近那些受伤的孩子，思考今后怎样一起生活。目标是让他们获得治愈自己的力量。陪在那些从未受到守护的孩子身边，让他们不再感到孤独，让他们逐渐学会珍惜自己。"

星期五晚上，小学生已经安然入睡，设施内静悄悄的，初中生和高中生聚集在客厅里一个铺着榻榻米的角落，安静地围坐在一起。有的孩子在编织物品，有的孩子在复习备考，还有的在看电视上播放的电影。大家各干各的，肩并着肩度过漫漫长夜。那种鸦雀无声的寂静，让人感觉胸口一阵发紧。

"阿姨，有家庭是不是很累？和家人相处是不是很难？"

吃晚饭时，一名初二的孩子突然在饭桌上问我。她剪的短发很适合她，眼神一看就很聪明，给我留下了深刻的印象。据职员说，"她遭受过所有类型的虐待，上小学的时候曾在精神内科住院"。白天，她在设施内的厨房里微笑着说"我喜欢吃甜松饼"，然后在我面前烤了好几个小松饼。

如今，明日香是否也生活在这样的女孩子们中间呢？

明日香现在是否生活在安定的环境当中呢？我希望她在日常生活中逐渐能够客观地看待"妈妈"。

大致讲完了明日香的故事，恭子喃喃道："那孩子经历了很多事情之后，回忆起和我们一起度过的时光，如果她觉得开心也就够了。希望她能觉得有家人是一件快乐的事。可能这就是我们存在的意义吧。希望她在这里没有委屈自己，而是过得很开心。要是她能在这个家里体会到被我和她爸包容着逐渐成为一家人的感觉，我就感到很幸福了。"

恭子突然叹了口气。"可是事与愿违，所以我对明日香……"说到这里，她停顿了一下。

"原因不只是她妈妈。如果我的态度再坚决一点，对她严加管教的话，结局也许会有所不同。我在内心深处肯定感到厌倦了吧。如果我打算百分之百对这个孩子的人生负责，也许就不会变成这样的结局。"

说完这话之后，恭子盯着我的脸，爽朗地笑了，仿佛打开了心结。

"可是没办法呀。我不打算向她道歉，也不想忏悔。哎呀，话说回来，我可能到今天才算整理好自己的心情了。"

第五章

沙织
——"你能无条件爱我吗"

我很想见一见长大以后的"被虐待儿童"。

在这段旅程的最后，我邂逅了一名女性。

她就是泷川沙织。邂逅的契机源于我联系了"晒太阳"，这是由在儿童福利院长大的人组建的一个当事人团体。"晒太阳"的初衷是为在儿童福利院或养父母家庭等社会抚养设施长大的人提供一个安身之处，后来又向行政机关传递当事人的声音，向公众呼吁社会抚养的重要性，在很多领域广泛开展活动。

当时的理事长叫渡井小百合，她也是在福利院长大的。沙织作为儿时曾经遭受虐待的人参加了渡井女士的演讲会，与"晒太阳"的活动有了交集。渡井女士介绍我认识了她。

渡井女士对我说："她有两个孩子，她说前一阵子身体状况不太好，不过现在可以接受采访了。"

我想象了一下这名素未谋面的女性。尽管精神状态不好，她还是努力想要对我讲述这个沉重的话题。我知道这将是一场非常敏感的采访，我出发前往沙织生活的城市，决心从正面理解她所经历的"事实"。

2012年2月，我们约好了在她所住的城市的某个酒店的大厅里见面。目光相遇的那一瞬间，我们马上明白对方就是自己要找的人。

她个子不高，身材苗条，温柔的笑容在她脸上缓缓绽放。她的眼睛细长而清秀，给人一种理性智慧的感觉。她戴着一顶白色针织帽，造型独特，很适合她。白色的毛衣外面是一件灰色的无袖连衣裙，脚穿一双茶褐色的短靴。这种搭配让人感觉到她的艺术品位，"非常符合她的风格"。

"真的超级可爱呀！"

刚一见面，这句话如条件反射般脱口而出。

"你在说什么傻话啊？"

这句回复宛如绝妙的逗哏，让我们两人笑得停不下来。看得出来，有时候她想通过这种开玩笑的方式，故作轻松地讲述自己的故事。

"这个呀，是我试着整理的，想着可能对你有帮助。"

她说话非常干脆，一看就是个性格直爽的人。她深知，仅靠一次采访没办法讲完自己的全部遭遇。正因为如此，她把预先写好的一沓题为"成长经历"的便条纸递给了我。

我不经意间翻开那些便条纸，"被强奸""性虐待"等文字刺痛了我的心。我心想，不会吧……我能从容地面对接下来即将听到的事实吗？

"对了，需要的话请看一下这个……"沙织说着又递给我一份带有医生和临床心理师签名的复印件。那是她以前所住地区的医院写给她现在就诊的精神科医院的介绍信。她说由于丈夫的工作调动，刚刚搬到这边。那份文件的标题是"诊疗信息提供书"，上面记录着家族病史、病情发展过程和心理学角度的观察结果等。显然她已经做好了思想准备。

泷川沙织四十出头，在咖啡馆面对面坐下后，从她嘴里最先说出的是关于孩子的话题。

"我家老二是个两岁的男孩,他有视觉障碍,早晚会看不见。据说是我遗传给他的。"

她突然抛出这么一句话,我一时间没明白过来是什么意思。

"啊?你是说……失明吗?"

沙织点了点头。

"现在也只是能看到光的程度。我想着趁他现在能看见,尽量多教他一些东西……不过,当我听说是我遗传给他的时候,真的受到了很大的打击。他姐姐也有这方面的因子……我现在非常疼爱小儿子。"

她一口气说完,又喃喃道:"也许因为他是男孩吧。"她果断地说,对于比儿子大4岁的女儿只有完全相反的感情。

"可能因为老大是女孩,在育儿过程中总是免不了和自己的经历重合。换句话说,在育儿时经常体验到记忆闪回……'这孩子会走路了,太好了,真开心',脑子里刚进出来这个念头,马上又会想'谁为我学会走路感到高兴了?谁看到我学会走路了?'。于是渐渐地开始对老大发泄怒火。在她的每个成长阶段,我都会冒出类似的想法。我没有庆祝过圣诞节和生日。可是我女儿却对礼物挑三拣四,简直让人无法原谅。她患有广泛性发育障碍,直到3岁为止,半夜里每个小时她都会醒一次。"

小时候没有人为沙织庆祝过圣诞节和生日。对于她那个年代的孩子来说,这不是"正常"的抚养方式。这一事实表明,她在成长过程中没有得到父爱与母爱的呵护。

那些儿时曾经遭受过虐待的人,越是想要像普通父母那样抚养自己的孩子,倾注父爱或母爱,越是不得不正视自己过去的经历。通过这次采访我才了解到这一现实。对于曾经遭受过虐待的人来说，在孩子成长的每个阶段，那种"自己没能得到"的遗憾与悲伤就会涌上心头吗？如果是这样，那么抚养孩子将是一件多么困难的事啊。

而且，她还必须承受孩子的发育障碍。

"我家老大真的不爱睡觉，3 岁之前每个小时都会醒一次，每次都会大哭。"

每个小时醒一次，断断续续的睡眠持续了 3 年之久……那不就是无穷无尽的地狱吗？我回想起来自己抚养孩子时的感受，虽然已经是遥远的往昔，有一段时间半夜要喂奶好几次，当时觉得看不到任何未来。脑子里唯一的念头就是，希望眼前的小婴儿吃完奶以后能够直接安然入睡。每天晚上都在重复同样的经历。

不过，只用一年，我的苦日子就熬到头了。我在乳头上涂了一点芥末油让大儿子含在嘴里，算是举行了"断奶"仪式，从那以后他不再要求吃奶，一整个晚上都能睡得很香了。我感觉就像终于逃离了没有出口的隧道。二儿子和老大不一样，脾气很大，属于比较难养的孩子，不过跟沙织的情况一比，也算是没费多大力气就长大了。

无论养育孩子多么辛苦，一看到小婴儿那天使般的笑容，一切疲惫就都烟消云散了。沙织摇了摇头。

"喂奶的时候她会咬乳头，一点儿都没有小婴儿的那种可爱模样。她总是面无表情，一笑都不笑。"

那么整个育儿过程不就只是在承受痛苦吗？

而且，在我自己的儿时记忆里，生日和圣诞节都庆祝过。我学会走路时，父母非常高兴。最旧的相册里有一张脚印的照片，是会走路那天留下的纪念。父亲为迈出第一步的女儿的脚底涂上墨汁，留下了脚印。我有幸遇到了这样的父母，通过这种方式对我的成长表达喜悦之情。

但是，沙织和我不一样。在"成长经历"的便条纸上，首先写着这样一句话：

"以前经常有人叫我被领养的沙织、庙里的沙织。"

沙织出生后没多久，她的父母就离婚了，祖父母收养了她。不过，根据她自己的推测，在"出生后4个月或者7个月的时候"，祖母在报纸上看到有个"养子村"，就把她和大她3岁的哥哥带去那个地方，把他们寄养在了当地一座寺庙里。据说那是因为转了好几家，都被人拒绝了，最后硬是将他们俩留在了寺庙里。

所谓"养子村"，是一名报社记者给山里的一个村庄取的名字，据说那里有很多家庭收留了无依无靠的孩子。也就是说，祖父母没有向儿童庇护所求助，直接就把收养的孙子和孙女送去了在报纸上看到过的养子村。这不是二战前或者二战刚结束发生的事，而是上个世纪70年代初的事。

"我什么都不知道，据说我和哥哥被寄养在那个寺庙里时，另外还有五六个养子。"

沙织那时候很瘦，也不肯喝牛奶，非常虚弱，甚至被医生说"有可能会死掉"。据说她直到2岁都不会走路，一直在地上爬。

把这些事告诉沙织的人，是在庙里负责照顾养子们的"奶奶"，她当时59岁。沙织不到1岁就来到了这里，被生父接走那年12岁，在此期间担任"养母"角色的就是这位奶奶。沙织说她很喜欢奶奶。但是，实际上这位奶奶是否用心"照顾"那些养子了呢？单凭沙织的讲述，我颇感怀疑。从沙织的成长环境来

不知道自己生日的女孩　163

看,可以说是疏于照顾。尽管如此,沙织却说:"我小时候觉得那都是理所当然的事。"

"寺庙里也有他们亲生的孩子,但是只有我们这些养子每天早上用抹布擦地,从正殿到走廊里。一大早就起来,即使是大冬天里,每天也用冷水洗抹布。我出生后没多久就在那里生活,所以觉得那就是正常的生活。"

她总是饿着肚子,饥肠辘辘。

"肚子饿得受不了,所以有时候会到附近商店里偷点心吃,或者从朋友家里拿,有时候翻垃圾桶,每天都是这个样子,没有别的办法。"

沙织说:"虽然觉得很丢人……"

"内衣也是从很小的时候就开始自己洗,所以也不知道怎么洗,内裤正反面都穿过。因为我不懂呀,以为翻过来也可以穿呢。结果去朋友家玩的时候,她妈妈说'你怎么穿那么脏的内裤?去换一条再来吧'。可是我哪里有干净的内裤呀,真的是万般无奈呀。有时候就去翻垃圾桶,从里面捡一条回来……"

她也不会洗头发。

"上幼儿园的时候,我就开始自己洗澡了。所以我也不知道该怎么洗头发,就先洗左边一半,再洗右边一半。没有人教给我怎么洗,也从来没有人教给我怎么用筷子,也不给我刷牙,所以蛀牙很严重。"

为了"发现"疏于照顾的家庭,很多地方政府会寻求牙医的协助,这也是因为放弃抚养的一个明显表现就是蛀牙。

沙织说:"脚是会不断长大的呀。"

"他们不给我买鞋。脚长大了,鞋就变小了,挤得脚很痛,我忍着痛穿了一阵，就对奶奶说了，说我的鞋太小、脚很痛。结果奶奶就给我买来了一双。当时我才上小学二年级，她就给我买了一双 38 码的鞋。那双鞋我一直穿到了六年级，可是太肥大了，塞了纸巾还是很大，所以我还是忍痛穿那双小的。大脚趾那里都破洞了。"

在她的记忆中，夜里从来都没有安睡过。

"如果说失眠会引发抑郁，那我感觉从上小学的时候就开始了。读小学一年级的时候，我就在想'我为什么要活着呢'。这些记忆最近又苏醒了……"

她也不知道"妈妈"这个词的意思。

读小学一年级的时候，朋友问她："沙织，你怎么没有爸爸和妈妈呢？"

"那时候我才知道，人都是有爸爸和妈妈的，我就去问奶奶。结果她说'你爸爸和你妈妈都去世了'，我就接受了这个说法。"

上公开课的时候，很多同学的妈妈都会来参观，却没有人为了沙织而来。开运动会的时候也是如此。

"我和一个完全陌生的大叔参加了跨越障碍物的接力赛跑，我记得当时边跑边生气地问他'你是谁啊'。"

沙织回忆说，小时候很喜欢奶奶。不过，长大以后就没有那么天真的想法了。

"我当时是无条件地喜欢奶奶。但是长大以后，我发现自己不是奶奶的最爱，就决定把她当作'抚养过我的人'来看待。因为我明白，在奶奶眼里，我既不是她女儿也不是她孙女，她并没有真心爱我……所以，这样一想，我就发生了转变。"

碰巧在采访那天的三周前，奶奶去世了，享年 99 岁，沙织去参加了葬礼。

"我在那里与十年未见的亲哥哥重逢了,其他养子却都没有来送别。我心想原来是这么回事啊,看来其他养子并不感谢她呀。"

沙织在葬礼现场发现,养子们对"奶奶"有一种复杂的情感。如今仔细想来,就会明白奶奶"总是尽量避免接触"自己。只是在当时的沙织看来,"父母"理所应当那么做。

可是,她竟然和亲哥哥时隔十年才见面,是怎么回事呢?

沙织读初一时,被生父和继母接走,与哥哥一起离开了养子村。

"生父和继母十年前就离婚了,哥哥也离开了家,从那以后一家人就各奔东西了。继母有了男朋友,以后就很少联系了。"

"奶奶"死后大约过了三周,这位继母也去世了,就是前几天的事。

话说回来,当时养父母告诉沙织她的父亲已经"死了",事实上却还活着,突然现身来接她,恐怕对她来说也像是晴天霹雳吧。

沙织和哥哥就这样被生父接走,离开了乡下的小山村,前往大城市。她有生以来第一次要和自己的父亲一起在"普通的家里"生活了。

但是,沙织递给我的便条纸上写着一行字:"小学六年级时被强奸"。她还没有提及此事。

我指着便条问:"沙织女士,这是……"

她虽然明白早晚会被问到,可能还是在有意回避这个问题吧。

"嗯，是的。被强奸的时候我还没来月经，所以应该说是比较幸运吧。可能是因为那时候我才 11 岁，所以我才能活下来。我和朋友两个人一起玩，我被选中了。对方用刀子对准我，问我'上几年级了'。我逃跑了一次，腿都在发抖。可是我没办法留下朋友自己逃走。虽然回去的时候很害怕，但是后来明白自己的遭遇后更害怕。"

我没敢继续问详细情形。沙织的身体在我面前变得僵硬起来，似乎在说"不要问"。

可是，她的遭遇也太悲惨了吧。

"我很多次都在想，当时要是不在那个地方的话……待在那里是我的错，我已经无法原谅自己了。我一直觉得都是我的错，都怪我……我总感觉周围的大人的目光似乎也都在责怪我。不断地把自己逼上了绝境。"

从那天开始，少女满脑子里只有一个想法。忘掉吧，想忘掉。一直在心中暗暗祈祷……

"那段记忆很容易苏醒，记忆苏醒的日子很快就到来了。"

沙织用"地狱"这个词来形容新生活。便条纸上也这样写着：

"遭到父亲的凌辱和暴力，还有继母的精神虐待，9 年间饱受折磨。每天的生活就像《大逃杀》中描绘的感觉，做好了随时赴死的思想准备。"

不知道什么时候会被杀死，就算那样也毫无还手之力，这就是她的日常生活。为什么命运要跟她开这种玩笑呢？离开"寺庙"的时候,即将和爸爸、妈妈一家四口人生活在"普通的家里",本应是一件值得高兴的大喜事。

有人给买鞋子了,也不用把脏兮兮的内裤遮住了。也可以告别那种因为肚子饿只能小偷小摸的日子了。

不,对于沙织来说,最重要的应该是第一次遇到了可以称呼"妈妈"的人吧。她说继母是个美人儿。

第一次叫"妈妈"是什么时候的事呢?沙织如今都不愿意去追忆,估计她第一次将这个词说出口的时候,声音一定非常甜美。

"终于可以叫妈妈、可以和妈妈手牵手了,我真的超级开心。一开始我总是黏在她身边。我记得有一次我的手碰触了妈妈的胸脯。我第一次体会到那种柔软舒适的感觉,突然忍不住想要抚摸……以前我从来都没有撒娇过呀。可能是因为我还不习惯撒娇吧。"

13岁的少女小心翼翼地将手伸向"妈妈"。但是,那只手只是在空中徘徊。等待她的却是"妈妈"充满憎恶的话语。

"撒什么娇啊?你又不是我生的孩子!"

"这句话可是比'你去死吧'还过分呀。"

沙织如今才敢这么说。

无论如何,少女都希望"妈妈"关注自己。因为继母疼爱哥哥,沙织第一次体会到了"嫉妒"这种情感。当时夫妻关系也很和睦,因此她也妒忌父亲。想让妈妈多看看自己、多关注自己。这是少女的最大心愿。

有一天,沙织在学校里吐血了,因此老师打电话让她母亲来接她。可能是因为不习惯城市里的生活环境,再加上新家庭带来的精神压力,导致她患上了胃溃疡。

当一个孩子躺在校医室的病床上等待父母前来迎接时,心里总是美滋滋的。

"妈妈会来接我,因为担心我……"

这个孩子知道,母亲因为担心自己才特意赶来,此时比起任何其他兄弟姐妹,自己才是最特别的、最受重视的那个人。能够从学校早退也很开心,说不定还会给自己买什么特别的礼物……

在看到继母面庞的那个瞬间,这种思绪刹那间被冰封了。前来接她的继母明显很烦躁。当时继母独自经营一家相机店,一个人支撑着全家的生计。据说沙织的父亲就是一个吃软饭的小白脸。

不知道是因为这种事影响了工作使她感到烦躁,还是对这个老是给她添麻烦的累赘感到烦躁,继母只是瞥了一眼躺着的沙织,就带着她匆匆离开了学校。而且她没有再回头看沙织,而是脚步如飞地向前走去。别说照顾她了,继母脸上都没有担心的神色。

"妈妈只顾大步流星地向前走,我在路上又吐了。胃里很痛……我吐了之后呀,她就假装不认识我。我正在吐,她却视而不见,那副表情至今还刻在我的脑海里。那时候我心想,以后不要再把她当妈妈了。"

13岁的少女发出这种"誓愿"该有多么痛苦啊,恐怕有如切肤之痛吧。本来抱有甜蜜美好的幻想,却遭到对方无情的拒绝,心都碎了。第四章中提到的唯真和明日香也是因为害怕心碎,才那样迫切地渴求母爱的。

承载她的梦想的新家在现实中却是一个充满了"暴力"的场

所。不知道父亲什么时候情绪不佳。一旦心情不顺，他就会毫不留情地殴打儿子，嘴上骂着"现在的年轻人算什么东西"。沙织却只能笑着旁观。

"每天徘徊在生死边缘，简直就像地狱里的生活。哥哥被父亲打得流血哭泣时，我也不敢哭，因为害怕他的拳头会落在我身上、骂我'为什么要哭'。我一边流泪一边笑，如果不笑的话会惹他不高兴，所以我养成了皮笑肉不笑的习惯。"

沙织倾尽全力将表情中的情绪"抹杀了"。

不仅父亲的暴力，继母那歇斯底里的语言暴力也时常发生，沙织不知道自己什么时候会沦为被攻击的对象。

不管起因是什么，继母的怒火总是突然间喷涌而出。例如，她盼咐沙织"去做汉堡牛肉饼"，结果做出来后令她不满意。那一刻，她会把装着食材的锅砸到墙上，将菜板和餐具等胡乱地摔到地上。

"她发脾气的时候连说话的声调都变了，非常恐怖。她说'我想揍你，可是一直都在忍着'，还乱扔、乱砸各种东西。"

有句话沙织一直无法忘记。

"妈妈，我想要个弟弟或者妹妹。"

"我不生，怕你欺负他们。"

沙织说："继母对我的攻击异常激烈，好像批评我就是她的人生价值一样。"

她之所以这样对待成为自己"女儿"的少女，是因为对吃软饭的丈夫心怀不满吗？还是因为突然成为两名青春期的孩子的母亲，从而对这种命运发出了诅咒呢？

不管怎样，沙织感受到了近乎异常的攻击，说明继母把无处宣泄的怒气全都撒在她一个人身上了。

而且，有一段时间，哥哥晚上总是摸她的私处。

"我很喜欢哥哥，所以睡觉的时候就躺在他旁边，可是他为什么要这样对我呢？他扒开我的内裤，触摸我的私处。我不愿意，就用坐垫护住。我不知道该怎么办，就把这事儿告诉继母了，结果她说'这种事儿每个家里都有'，根本不理会我。"

有了自己的房间之后，哥哥就没再侵犯沙织了，不过对于沙织来说，"家"就像是一个恐怖的鬼屋。

"一般来说，家是让人放松舒畅的地方，但是我家却是牢房。每天都像在经历严刑拷问，给我带来的精神压迫非同一般。"

那她是怎么"应对"的呢？

"我想着把情感抹杀掉吧。和继母接触时，有可能听她说一些令人讨厌的话，所以一开始就压抑着愤怒或激动等情绪。"

我和沙织时不时地会互发邮件，2013年2月，她给我发来这样一封邮件：

"前一阵我看了一部叫《脑男》的电影。我心想，那就是我啊！我就是脑女。失落情感的人后来才学会活下去所需的应答方式，我感觉自己身上也有这种元素……"

沙织之所以会产生共鸣，是因为她自己抹杀了情感，丧失了感觉，与脑男的形象重叠在一起了。生田斗真[①]通过屏幕展示了一个没有感觉的人如何与别人达成妥协。

总算有"妈妈"了，却要封印对她的真情实感，这等于冰封自己的内心。

[①] 脑男铃木一郎的饰演者。

不知道自己生日的女孩

2012年2月，我第一次和沙织见面时，她的继母刚刚因癌症去世。沙织说她曾前往探病。

"我们很久没有见面了，听说她身体不好，我就去医院看望她，发现她的腿都浮肿了。我哭得稀里哗啦的，对她说'之前没来看你，对不起'。继母也流着眼泪说'我觉得会慢慢好起来的，等着我出院吧'。过去的怨恨什么的都无所谓了。接下来的一周里，我们经常互发短信，我正想着以后要多去看看她，结果她就去世了。"

从那次见面后又过了1年，沙织对继母的感情反倒比当时更加复杂。最近她在写给我的邮件中表达了自己的迷茫，不知道自己和继母的邂逅具有什么意义。也许是因为还没有进行深入交流，对方就去世了，她感觉只剩下了自己，仿佛被悬在了半空中。

"我现在脑子里有各种思绪，有时候心里想，如果父亲和继母肯把我的户籍和他们迁到一起，我们有了法律上的亲子关系，可能感觉就会有所不同。因为我的户籍一直都跟着祖父。如果我和继母之间有美好的回忆，也许我就能平静地为她送终了。我想冲淡那些不好的记忆，可是却找不到美好的回忆。如果不做到这种程度，我好像就没办法接受和继母之间发生的那些事……"

继母刚去世，沙织接受采访时并没有逐一攻击继母的所作所为。莫非那是出于对继母的体贴？我通过邮件这样问她，结果她回复了激烈的言辞。

"对继母的体贴？那个女人是厉鬼？还是恶魔？她就是为了把我培养成脑女才来到我面前的。她把我的直觉、情感、感觉，甚至我的魅力砍得七零八落、破烂不堪。我干吗要体贴她？"

沙织说她现在每周都在接受心理辅导，那是因为她想在自己心中给继母的存在赋予一定的意义。

"我想知道在继母开的照相机店打零工的人以及继母的好朋友如何看待我们之间的关系，就对她们讲了我们并非亲母女的事实。我似乎很想知道与继母相遇的意义。继母死了呀。我做梦也会见到她，要是能做关于继母的好梦就好了……"

她没办法做"好梦"。最近她对梦里出现的继母倾吐了以前不敢说的话："你不过是个后妈！"

"归根结底，那个人到底算什么呢？嗐……"

难道和前文提到的明日香与唯真一样，这是"丧失感"带来的痛苦吗？对于沙织来说，继母是她唯一想要无条件撒娇的"妈妈"，是和生母差不多的存在。本来对方应该是可以依靠的人、守护自己的人，却遭到她的拒绝、辱骂和抛弃，我认为这种丧失感就是沙织痛苦的根源。所以她至今还在苦苦寻求继母对于自己的意义。

"继母、生母、养父母，虽然我都拥有过，但是亲生的、血缘关系什么的都不重要。因为谁都没有给过我无条件的爱。"

长大以后，沙织曾寻找过生母，也去见面了，但是和感人的母女相会场面相去甚远。她这才知道，生母和父亲分手后结了三次婚，第三次结婚后生下的女儿在6岁时因癌症夭折了。

在最近发来的邮件中，沙织这样写道：

"生母虽然还活着，在我心里却已经被埋葬了。继母实际上已经去世了，我却感觉她还没有消失。和事实上是否活着没有关系呀。虽然她不在这个世上了，对我的精神束缚却还在。"

沙织经常使用"无条件"这个词，她认为这很重要。她说"想无条件爱"自己的孩子。但是她又做不到，所以不停地责备自己。她还说，最想从继母那里获得的就是"无条件的爱"。

有一次，她问我："祥子姐，你会给你的两个孩子无条件的爱吗？你觉得你有没有得到妈妈无条件的爱？"

那年她16岁，正在读高二。那段时间继母和生父的关系变差了，就回娘家去住了。哥哥离开家独立生活了，只剩下她和生父两人一起生活。

生父当时应该是39岁或40岁。

"一开始他先是偷看我洗澡，有时候试图进来。我父亲不是正常上班的人，不知道他几点回来，所以我一直不敢放松。"

继母离开家之后没过多久，生父就开始偷看沙织洗澡，继而又来抚摸她的身体。

"怎么说呢？我们就是正常待在家里，比如擦肩而过的时候，他就会突然用手摸一下我的乳头或者别的部位。我一下子反应不过来，根本来不及推开他。可是，我心想不会吧，毕竟是我父亲，而且他还出钱让我去读高中……"

有一次，沙织想在父亲回来之前洗完澡，就提前进了浴室，结果还在更衣室的时候，父亲就回来了。

"他试图打开更衣室的门。他嘴上说着'让我偷看一下吧'，就把门打开了。我当时一丝不挂啊，因为正在擦干身体。我记得自己大叫一声'不要啊！'，一把推开了他。"

尽管如此，沙织还是不敢相信，毕竟是亲生父亲啊，总不会做出变态的事来吧。不过,她倒是一直保持着戒备,她在房门口挂了一个大铃铛,这样一有人进来就能发觉。

那是一个闷热的夏日。门上的铃铛响了。父亲上身赤裸,下半身穿着一条短裤,走进房间,用小婴儿的口吻对沙织说:"我还没亲过小沙沙呢,来亲亲吧!"

说完就把沙织扑倒在了床上。

"那之后的记忆都没了,我不记得了。只觉得好恶心,身体僵硬,然后就只是望着天花板。听说遭到性虐待的人都是从天花板上俯视自己,不过当时我并不懂这些,只是感觉动不了。我也觉得很奇怪,为什么动不了呢?像在洗澡时那样,说一句'爸爸,不要啊!'不就行了吗?"

从那以后,她就开始连续遭到性虐待。

"他为什么要这样对我?我不知道该怎么理解这种行为。我心想要是继父的话我还能理解,有时候觉得那个人要是继父就好了,思维就像一个无法权衡轻重的天平。他可是我的亲生父亲啊。我完全无法理解他是怎么想的。不过毕竟是他养着我……我开始失眠、厌食。只能进行碎片化思考。根本没有答案,我一辈子都无法原谅他。也有想不起来的日子,不过闷热的时候不行,空气中都弥漫着那天的记忆。"

如今日本有多少孩子遭到了性虐待,产生了多少像沙织这样的受害者呢?估计在我们一般人的潜意识当中应该不太多吧。根据厚生劳动省公布的数据,在儿童庇护所受理的"不同类别的咨询案例"(2012年度)当中,"身体虐待"占35.4%、"精神虐待"占33.6%、"疏忽"占28.9%,而"性虐待"占

不知道自己生日的女孩 175

比非常低，仅为2.2%。最近几年，精神虐待的比例有所上升，性虐待的咨询案例约占整体的3%左右，每年的变化不大。

临床现场的医护人员指出，这一数字与实际情况相差悬殊。

前文也曾提到，在2001年11月到2011年10月期间，因受虐待而在爱知儿科接受治疗的患者人数为1110人。其中遭到性虐待的男孩有56名、女孩有132名，共计188人，上升到了整体的17%左右。

根据该调查，按照从多到少的顺序，伤害女孩的人依次为生父、继父、母亲的恋人或同居对象、福利院年长的孩子（男女都有）、哥哥；伤害男孩的人依次为福利院年长的孩子（男女都有）、母亲、生父、继父。

沙织停顿了一下，长呼一口气，继续说道："那个房子的天花板是木板做的。我现在有时候做梦也会梦到它。梦中看到的只是房间的一部分，比如电器的插座。因为我当时一直在看天花板，所以那部分深深地刻在了脑海里。我在梦里心想：'原来天花板是用木板做的！'"

我鼻腔中一阵酸痛。那是一场噩梦。唉！如果没有真实发生过，只是一场噩梦的话该有多好啊！少女那柔软的内心被刺得千疮百孔，她惨遭蹂躏，把心灵和身体切割开来，只是凝望着天花板。

"总感觉，身体特别沉重，因为变僵硬了。"

我无言以对。我心想别再说了，不用再让记忆回到"那一刻"了。但是沙织还是努力地想要对我讲清楚。

"该怎么说呢……嗯,我不太会表达。反正就是嘴唇的触感什么的真的很恶心……香烟的油垢味之类的。所以我才很讨厌抽烟的人。"

对于生父的行为,当时沙织脑子里只有"为什么?"的念头。她被侵犯后还觉得"多亏了父亲才能读高中"。父亲对女儿做出如此可耻的行为,对其严加斥责、表达愤怒才是正当的做法,确切地说,应当坚决这样做,可是她却责备自己"没能像洗澡时那样发声拒绝……"。

前文提到的爱知儿科的医生新井康祥根据多年来为性虐待受害者治疗的经验分析道:"可以说所有受到精神创伤的受害者都这样,尽管患者本人没有任何过错,他们却责备自己,对自己的评价很低。所以,关于受虐待这件事,我对他们说'那是你爸爸的错',他们的反应是'啊?是吗?',这还算好的,有很多孩子即使经过一段时间的治疗,还是会说'没办法,毕竟是我不好'或者'毕竟是爸爸养着我''不能给妈妈添太多麻烦'。所以这是一个根深蒂固的问题。"

沙织的便条纸上写着:"不知道为什么活着,我害怕那种被监禁般的生活,决定抹杀自己的情感。"

最近她又梦到"被父亲侵犯"了。

"和那时候一样,我在梦里也是身体僵硬,动弹不得。无力反抗,只能顺从,那是一种难以言喻的心情。不过,我在梦里第一次想,为什么我没能把这件事告诉继母呢……当时我没有想过最好对继母保密此事,告诉继母的想法根本就没有在脑子里闪现过。"

就算是对她说了,也未必能得到她的保护,反而很可能受到更大的伤害。

实际上，即使不是继母而是生母，在得知女儿被丈夫性侵之后，往往为了生活也会继续和丈夫在一起。最糟糕的情况是，认为是女儿先引诱的，不去责怪丈夫，反倒责备女儿。这样一来，孩子就会受到双重甚至三重伤害。

看一下爱知儿科的临床病例，你就会明白性虐待造成的后遗症有多严重。受害者会并发解离性障碍、PTSD（创伤后应激障碍）、以攻击性及叛逆性举动为特征的行为障碍，据说是难度最大的治疗对象。

第一次见面时，沙织说："我可能有多重人格，有一个是完全相反的、极为凶暴的人格。"她说得过于随意，我一时间没反应过来。如今想来，如果说沙织心里出现了别的人格，无疑就是那时候发生的事。那时候，被父亲压在身下，她把自己眼前的遭遇当成别人的事，只是凝视着天花板。那时候，她把意识和身体剥离，想要借此赶走痛苦。

据说那个凶暴的人格经常搞"恶作剧"。

"我给以前住过的公寓二楼的住户寄过贺年卡，上面写着'去死吧！杀了你！我恨你！混蛋！'。很傻吧？我就是忍不住想让那家伙一直不开心，想让他被人杀死。"

有一段时间女儿不肯睡觉，沙织感到非常疲惫。

"我有时候也会有杀人的冲动。我会对偶然碰到的人——比如中老年妇女——说'这孩子不肯睡觉'，结果对方就笑着回答说'哎呀，没事儿，过一阵就会睡的'。那一刹那，我真的对那个妇女动了杀机。"

正因为感觉到自己心里住着"杰基尔与海德"①，所以觉得不能这样下去，第二次接受采访时，沙织说："今天来接受采访之前，我让两种人格举行了'结团仪式'。"她说被父亲性侵这件事，虽然令她感到很痛苦，但是她打算讲清楚。她说虽然那是一段不堪回首的往事，但是以后打算正视它。

"当感觉海德快要出来的时候，就得想办法把他赶走，不然的话可能会对老大造成不好的影响。我之前去就诊时，偷偷看了一下电脑屏幕，瞥见了我的病历。上面写着'和儿子接触时比较平和，但是一说到女儿，眼神就变了，措辞也变了，口吻极其严厉'。我回家之后问孩子爸爸'变化有那么大吗？'，他说，嗯，觉得老大好可怜。"

爱知儿科正致力于"亲子同步治疗"，给患儿父母也建立了病历。很多带受虐待儿童来诊室的父母都有"未治疗的受虐待病史"，尤其严重的是性虐待造成的后遗症。

杉山登志郎医生在诊室给我看了一本素描簿，我至今难忘。那是一位正在接受治疗的患儿的母亲在治疗过程中"随便"画的。

上一页是用黑色蜡笔胡乱画的令人恐惧的画，下一页就是一片色彩鲜艳的花田。蓝天下是五颜六色的花朵，小鸟在飞翔，一派人间乐土的景象。但是一翻页就突然进入了一片黑暗的世界。每次翻开新的一页，都能体会到一种断裂感，我看着

---

① 19世纪英国作家罗伯特·史蒂文森代表作《化身博士》中的人物。善良自律的杰基尔博士用药物分离出了自己邪恶放纵的一面，化身恶棍海德。"杰基尔与海德"这一文学史上经典的双重人格形象，后来成为心理学中双重人格的代称。

医生，摇头表示"难以置信"。这些画根本不像是同一个人画的。

这位母亲的诊断结果是解离性身份识别障碍。这位女性拥有多重人格，素描簿中收录了各种人格各自随意画的作品。

这位母亲小时候也遭受过虐待，是性虐待的受害者。

在爱知儿科建立病历的患儿父母中，竟有63％的人曾遭受性虐待，被诊断为解离性身份识别障碍的案例高达42％。

因此，沙织拥有别的人格也不足为奇。

2013年1月，我见到了久违的沙织。她喃喃地说："最近我也不怎么看杀人网站了。"

"我本来很喜欢看超自然现象的视频，但是前一阵看得很恶心，都快吐了，有一段时间觉得很可怕。现在也已经不想看那些杀人网站了。也许（凶暴人格的）怪人消失了……我觉得以前怪人存在（于自己心中）。不过，有时候我觉得仍然存在一个思维截然相反的自己。"

沙织的"成长经历"便条纸上写着这样一句话："不断受到父亲的性虐待，感觉恶心得不得了，于是请求继母回来。"

继母回来后，父亲的性虐待总算停止了。

被生父性侵一事很难开口对继母说，只好闷在心里。

沙织21岁就结婚了，从家里搬了出去。这次结婚只是离开家的一种手段。她一年后就离婚了，不过没有回家，而是开始一个人生活。她25岁时，生父和继母分居，她30岁那年，两人离婚了。

同一年，沙织决定和现在的丈夫结婚。沙织在公司负责前台接待，她丈夫是常来往的客户。

"虐待孩子的时候，我就是一个恶魔。怒气上冲，头脑发热，杀机涌现。我心想'啊！我要杀了你！'。所以有一次我给儿童庇护所打了个电话，说'我把孩子打了个半死'。当时儿童庇护所没有派人来我家。那时候我有抑郁症，身体吃不消了，所以才会就此罢手了。"

沙织有两个孩子，女儿叫小梦，儿子叫小海，比姐姐小4岁。

咔嚓一声，发泄怒火的开关打开了。对象是小梦。

小梦被诊断为"未特定的广泛性发育障碍"，她对事物有强烈的执念，性格过于敏感，无疑是个很难抚养的孩子。她发起脾气来就用脚吧嗒吧嗒地踩踏地板，哇哇乱叫，持续两三个小时。

"小梦，快停下！会吵到楼下的人！"

听到沙织这么说，她反倒扑通扑通地弄出来更大的声响。她站起身，反复地开门关门，发出咣当咣当的声响。

此时，沙织的怒火就会像即热式热水器一般瞬间沸腾起来。

"死丫头，你是不是瞧不起我！"

她狠狠地一脚踢向正在胡闹的小梦。

"到了这个时候，我已经彻底进入亢奋状态。就像是沸腾的热水器，完全失去了理性，什么也顾不得去想了。踢她的时候，我只觉得很生气。真的很讨厌她。总之，眼前这个丫头让我很烦，吵死了！"

小梦被踢翻在地，哇的一声哭了起来。

"对不起，对不起。"

"不用你道歉，吵死了！"

事情发展到这个地步，无论是踢是打，都毫不留情。虽然面对的是孩子，下手时却根本没有斟酌轻重。我试着问沙织，当时小梦的表情如何。

"啊？我没看啊。才不想看她的脸呢。"

沙织不停地踢她。

"不要啊！别踢了！为什么踢我啊？"

"因为讨厌你啊！既然你问，我就告诉你原因。因为我讨厌你！"

冷静下来后一想，沙织很清楚这对小梦的成长非常不利。心里虽然想着再也不要打她了，下一次还是忍不住会动手。

"我以前无论做什么都还算顺利，所以觉得抚养孩子也是小菜一碟。可是，没想到会是这个样子……"

沙织以前无论在学校还是在工作单位，该做的事都顺利完成了。她既开朗又有幽默感，让人感觉不到她过去受虐待的经历，而且她很会照顾别人。

在抚养孩子的过程中，沙织第一次遭遇了不能如愿的场面。

"自己过去的记忆逐一闪回了。而且小梦脾气很大，不好管教。还有，她不肯睡觉。我在育儿方面没有榜样。因为没有人正儿八经地抚养过我。"

她不知道应该怎么抚养孩子，因而对自己感到焦躁，试图通过打骂让孩子听话。

"我心想，既然嘴上说她不明白，就可以打了吧，不由自主地就动起手来。我觉得那是家庭教育的一个环节。可是，一旦开始使用暴力，我就像变了一个人，根本停不下来。我就是一个恶魔啊。女儿只是说了一些叛逆的话，我就大叫一声去掐她的脖子。给儿童庇护所打电话时我已经松开手了，因为小梦在地上躺着。"

尽管如此，她却无法向别人求助。

"因为我不相信别人，根本无法想象把孩子交给别人。如今想来，其实有很多选择，比如申请家庭援助服务。我觉得就算自己打孩子，也是自己照顾更好，怎么能把孩子交给别人呢？这不在我的考虑范围之内。"

她很清楚，一旦开始打孩子，自己心里就会涌出杀人的念头。

"如果继续这样下去的话，我不知道自己什么时候会发疯，感觉只有一纸之隔了。"

不知道为什么，怀儿子期间她很平静。但是，儿子出生以后，她发现由于自己的遗传，害他出现了视觉障碍。

儿子的障碍成为诱因，她逐渐陷入了抑郁状态。

研究发现，性虐待的受害者有时候会并发严重的抑郁症状，患上抑郁症的风险很大，概率是没有受过性虐待的人的数倍到数十倍。

"有段时间我脑子里只想着带着两个孩子去自杀，我觉得这样下去不行，就跑到精神科去求助。"

那是 2010 年 9 月发生的事。

沙织交给我一份医生写的说明，上面写道：

"（儿子）出生后，由于对孩子的视觉障碍有负罪感，还需要应付孩子的夜间哭泣，再加上女儿时不时地引发问题，患者明显出现了失眠、抑郁、焦躁、求死之心等症状，第一次来本院就诊。"

第二次就诊时，沙织对医生说："我想把两个孩子寄养在婴儿院，再这样下去我会杀了他们。我现在满脑子里只有寻死的念头。"

由于发现了她对孩子施暴的事实，医院方面认为"孩子母亲很危险"，通知了儿童庇护所，还把她丈夫从工作单位叫了过来。第二天，夫妻二人带着孩子前往儿童庇护所，直接把孩子们留在那里，孩子们获得了临时救助。据说那天是小海的1岁生日。

"他们对我说'我们不能告诉你孩子在哪里，你不能和他们联系，也不能探视，两个月期间你都见不到孩子'。不过，我心想这样也许对两个孩子更有利，所以做出了终极选择。"

此时，两个孩子的去向不能告诉沙织，据说姐弟二人获得紧急救助后一起被送到了养父母家。

将孩子寄养出去一个月之后，沙织在自己家里病倒了，直接住进了医院。

"孩子离开家之后，我忘了吃饭，也忘了笑。我老公回家的话，我就和他一起吃。他出差了3天，这3天我一直不记得吃东西，结果就晕过去了，倒在了自己家里。我心想这下我要完了。等我清醒过来，发现已经用手机联系了我老公，直接被送进了精神科医院。从那时起，我开始正式接受抑郁症治疗。"

住院期间，在接受心理辅导时，她开始关注自己对孩子施暴的原因。

"那时候我才意识到，自己的行为和父亲一样，他总是因为毫不相干的事打我。我把想对父亲说的话、想对继母说的话、一直压抑的情绪全都发泄到了自己的孩子身上。我从小积累的怒气都朝着小梦涌去了。"

沙织说，此时终于"能够客观地看待自己了"。

越是直面过去，愤怒的情绪越是喷涌而出。她还朝丈夫和儿童福利司发泄了怒火。长期以来隐藏的情绪都爆发出来了。

"以前我总是对老公说'我很难受，我很孤单，所以你请假吧'，这些话都没有实质内容，他不请假我就很生气，可能他也不知道该怎么办吧。通过心理辅导，我逐渐学会倾吐情感了，也能向老公讲述自己的遭遇了。也许这就是能够客观地看待自己的第一步吧。"

经过一个月左右的住院治疗，抑郁症状得到了改善，沙织出院了。

她说当时能够找回自我，很大一部分原因是两个孩子的存在。

"约定的两个月时间临近结束时，我多次给儿童庇护所打电话说'请让我见见孩子'。我觉得孩子们的存在对我来说还是很重要的。我发自内心地觉得两个孩子都很可爱，所以反复恳求说'我再也不打孩子了，把他们还给我吧'。"

心理咨询师对她说："你主动把孩子交给儿童庇护所，就等于保护了他们，是很棒的做法。"这句话也给了她自信。

沙织在心里发誓："我要亲自守护自己的孩子。"

"我觉得这两个月是非常宝贵的时间,我重新审视了自己。和孩子分开两个月,再见面时感到非常新鲜。我自己原来也是个孩子,曾经拒绝长大。因为大人全都是骗子,我总是被他们牵着鼻子走。我觉得自己现在长大了。就算孩子哇哇乱叫,我也觉得很可爱了。"

她说这话时是 2012 年 2 月,孩子们回来后已经过了 1 年零 2 个月了。

从那之后过了一年,她们的亲子关系是否有了巨大的改善呢?事实上时好时坏,沙织对小梦着急上火的日子一如既往地持续着。而且,小梦上小学以后无法适应学校生活,动不动就请假不去,每次沙织都会被学校方面怀疑虐待孩子。

"我好像受到了监视。老师在家长联络本上写道'请帮小梦洗一下衣服',这不是在怀疑我对孩子疏于照顾吗?可是小梦这孩子对衣服什么的很挑剔啊……整天都是这些烦心事儿,所以我一气之下和儿童家庭中心的援助啥的全都断了联系。所有人嘴上都喊着协作、协作,可是到底协作什么了?"

儿童家庭中心是各级地方政府根据各自的权限设置的机构,配备了专业的咨询师,不仅提供咨询服务,还会在育儿的各个方面提供援助。沙织说她曾经申请短期寄养(short stay)等服务。

由于小梦经常不去上学,学校方面和教育委员会专门为此召开会议,要求沙织解释清楚。此时小梦的主治医师开具的意见书发挥了作用。

关于小梦所患的"未特定的广泛性发育障碍",意见书中解释道："这种发育障碍的主要症状有，缺乏社会交际能力、不擅长沟通交流、对某些事物特别挑剔、缺乏想象力、过于敏感。"沙织因为小梦的衣服被怀疑疏于照顾，意见书中特意就这个问题作了详细说明：

"患者感觉过于敏锐，是一个很大的问题。例如，她讨厌内衣等直接与皮肤接触的衣服，如果硬让她穿，就会给她带来巨大的痛苦……另外，由于她对某些事物特别挑剔，有时候也会想反复穿同一件衣服、使用同一条毛巾。"

多亏了这份意见书，学校不再因为小梦随身携带的物品一次又一次地怀疑沙织疏于照顾，考虑到小梦的病情，还会给予特别关照。

尽管如此，小梦因为挑东西发脾气时，还是会嘟嘟哝哝地重复同样的话，这一点依旧如故。

碰巧我和沙织打电话聊天时，她说小梦"前天又闹脾气了"。

一年级举行结业仪式的那天早上，小梦又开始说"不想去学校"。

"今天是结业仪式，两个小时就结束了，去吧！"

"不要，我不去。"

小梦穿着睡衣坐在学习桌前，一副死扛到底的样子。

"我一看小梦的状态，就知道她百分之百不会去学校了。她特别顽固，最终一定会按照自己的意愿行动。"

请假的话需要给学校打电话。沙织问小梦：

"既然这样，小梦，你是请假，还是晚点儿去？给学校打电话时怎么说？"

不知道自己生日的女孩 187

"不知道。"

这一句话点燃了沙织的怒火。

据说"她的语气很狂妄",沙织立刻闯进小梦所在的那个房间,狠狠地朝她的侧腹部踹了过去。

"是你自己的事吧?你那是什么态度?"

一旦开始实施暴力,沙织的脚就毫不留情。她连踢了好几脚,最后拿脚上穿的拖鞋使劲朝小梦头上砸了过去。最终,小梦去上学了。

"待在家里太可怕了,我要去学校。"

每天晚上,想要给小梦吃医生开的"控制脾气的中药"时,她就会发脾气。一开始有气无力地撒娇说"不想吃",后来就哇哇乱叫。

"一般是9点左右开始,我提醒她'该睡觉了',往往会持续两个小时。我跟她说'不吃就算了吧',她就说'不吃的话就得住院',又开始磨人。我和老公都感到厌倦了,就不再去管她。不然的话,我的怒火又要爆发……"

不过,她晚上有时候无法压制情绪。

"小梦说'妈妈一到晚上就发火',确实,我一到晚上就停不下来。"

我试着问沙织:"停不下来的话会怎么样?"她说:"我会唠唠叨叨、没完没了地说小梦。"

"只要你正常去上学,妈妈就不会被学校说三道四。都怪你,害得我被怀疑疏于照顾,一次又一次地被叫去学校。要是不生下你这种孩子就好了。一看到你我就烦躁。我讨厌听你叫我妈妈。"

要是不生下你就好了——她是这么说的，而且清清楚楚地说了好多遍。

确实，当母亲的人偶尔会有想说这种话的时候，有一种破罐子破摔的感觉。当无法忍受自己的孩子，这份心情又无处宣泄时。不过，我一直告诫自己，这话绝对不能说。你恶言相向，孩子就会反唇相讥。一旦说出口肯定会后悔，要向孩子道歉并收回这句话，说自己从来没有真心这么想过。

沙织也是如此。她也知道自己对小梦说了不该说的话。但是，她脑子里同时存在两种念头，一种是"好可爱，我怎么会对她那么过分呢"，另一种是"好讨厌，要是她消失了就好了"。思维的天平一旦朝"可恶、讨厌"的那一侧倾斜，就会停不下来。

那种"停不下来"的感觉，我也不是不懂。有时候火气一上来，一开始训孩子，就很难控制自己。但是大人此时有办法劝解自己："到此为止吧，说得有点过了。再继续下去就对孩子太残酷了。"于是鸣金收兵，安慰孩子，平息事态。

但是沙织和一般的大人不同，她自己也会变成"同样的孩子"，所以无法克制，她也认识到了这一点。这就是小时候没能建立依恋关系这一成长基础的后果。

沙织对小梦说"我讨厌听你叫我妈妈"，这句话正是她自己从继母那里听到的最伤人的一句话。她受到了继母的苛待，又原样报复在了小梦身上。

"其实……"她有些难以启齿的样子。

"我经常让小梦站在阳台上，对她说'你从这里跳下去吧'。我是真心那么想的。"

"啊？你在什么情况下会那样做？"

"各种情况吧。前一阵我这么说过：'小梦，既然你那么不想去上学，就从这里跳下去吧。那样你就不用去学校了。这里是3楼，不会摔死的，也就是摔断腿的程度。'"

"那小梦的反应呢？"

"她说'不要，我怕痛'。"

据说小梦和小海吵架时，曾这样逼迫小海："你是笨蛋吗？你从这里跳下去吧！"

那是沙织说给小梦的话。一字不差，就连语气都一样。沙织觉得此事不可原谅。

"在我眼里，小梦就是个失败的作品。她竟敢跟小海说这种话，真可恶。我曾对小梦的主治医师宣布，'我可能会杀了她'。所以，当时他才安排小梦马上住院的吧。"

从上小学一年级的那个夏天起，小梦开始去发育障碍的专业门诊接受治疗，听说还在那家医院住了三周，原来背后有这样的故事。

由于小梦不去上学，沙织接受心理辅导的时候就让她在候诊室里等着。沙织一开口就带着怒气。

"那个死丫头在候诊室里。我希望她去死。"

"她是谁啊？"

"是我女儿。那个死丫头，为什么会那样啊？"

"啊？你女儿自己在那里等着吗？不要紧吧？"

"谁让她随便不去上学的，现在让她自己等着就行。"

希望女儿去死。沙织说这是她的真实想法。我再次向她确认："真的吗？"

"我想让她去死。最好是被卡车啥的轧死。所以我在她下车的时候从来不叮嘱她'小心点儿'。"

不过,沙织一直在寻求和继母关系的"意义",不就是为了想办法改变动手打孩子的毛病吗?

"继母留给我的那些不愉快的记忆,我又原样复制给了小梦。我心想,如果能弄明白继母那样对待我的原因,也许就能找到什么解决办法……"

如果她不爱小梦,就不会那样深入地思考自己的问题。那就是母爱的证据。沙织没有否认我的说法。

"是啊,有想办法解决问题的这份心,也算是一种爱吧。"

也许是因为想要改变现状,她才下决心接受这次采访的吧。如果她满足于现状,怎么会对采访她的人说"我希望她死了算了"呢?

沙织在最近发给我的邮件中这样写道:

"我对小梦做过的事,可能就是别人对我做过的。我对小梦的看法,也是别人对我的看法。"

她明白自己是把心中的怒火发泄到了小梦身上。她也害怕这样下去早晚有一天自己会"精神崩溃"。

因此,沙织决定接受"EMDR"(Eye Movement Desensitization and Reprocessing,眼动脱敏和再加工),治疗自己的精神创伤。

EMDR 是一种以眼球运动为主要特征的治疗方法,医生在患者眼前伸出两根手指并左右移动,患者用目光追随手指,让眼球动起来。随着眼球的运动,患者回忆起那些给他留下精神创伤的事件,不知为何,就能从心理上远离那些记忆了。这样一来痛苦就会减轻（脱敏），同时对自己的评价也会提高。

例如，假设遭到父亲性虐待的女孩的"自我认知"是"我不该穿短裤，是我不好"。通过 EMDR 疗法，回归到被父亲性侵的场面，虽然想起了当时的痛苦经历，却能够保持一定的距离来看待这个问题，逐渐会觉得"我穿短裤没有错，是爸爸的行为不对"。经过几个阶段的 EMDR 治疗，最终能够形成一种印象——自己是正确的，原本偏低的自我评价也会逐步提升。EMDR 是一种让患者回忆起精神创伤事件的同时修正认知偏差的治疗方法。

EMDR 的治疗程序从确认患者心中的安全场所开始。沙织的治疗也是如此。医生对沙织说："想象一下你认为放心、安全的地方。"

"一个四面有围墙、既没有门也没有窗的立方体里面。"

"那可不行啊，如果有照片也行，试着想象一下让你觉得安心的地方。"

"温暖的南方岛屿，四周没有遮挡，悠闲宁静，蔚蓝的大海和白色的沙滩一望无际，外面的人都进不来的南方小岛。"

"那不是挺好的吗？继续想象一下，有什么感觉？"

那一瞬间，沙织心中的南方小岛的画面崩塌了，发出咔嚓咔嚓的声响，转眼间变成了风化成茶色的世界。

医生注意到了沙织的变化，问道："怎么了？"

"我没有可以放心的地方，哪有那样的地方？我怕，好怕，好可怕。真的没有那种地方。"

"明白了，今天就到这里吧。"

改日进行第二阶段的治疗。同样先是确认安全的地方。医生伸出两根手指在沙织眼前移动,左右晃动几下后停在她眼前。

"想象一下能让你变温暖的东西。我希望在你变温暖的状态下开始。"

"没有啊,我想象不出来,真的没有。"

沙织不停地摇头,医生对她说:"可能你的头脑和心理断裂开来了。你的头脑和身体的感觉没有形成联动。你感知事物的感官都被割裂开来了,所以没办法继续进行下去了。既然你没有感觉,就很难开展治疗。还是回归普通的心理辅导吧。"

沙织眼前闪现的光景——蔚蓝的大海和白色的沙滩——瞬间崩塌后出现的一片茶色的世界,正是她11岁那年被强奸时的光景。

"茶色是芒草的颜色。包括被强奸时芒草在风中发出的沙沙声响,全都鲜明地浮现在脑海里。那个男人用脚踩倒了芒草,好可怕,好恐怖……"

她完全没有预料到,那个瞬间会在此时重现。由于恐惧,她的身体颤抖不止。

治疗中断后,在回家的电车里,沙织偶然瞥了一眼车窗外,结果一片茶色的世界扑面而来。她看到了不该看的东西。她说"就像恐怖电影一样"。她吓得浑身发抖,强忍着想要呕吐的感觉,终于回到了自己家。那之后有一段时间她都不敢坐电车了。

她说"这种记忆闪回还是第一次"。

以前读高中的时候,马上就要到门禁时间了,她在匆忙奔跑的刹那,那些记忆曾经一闪而过。

"被强奸时，我逃走了一次。全身的力气都耗尽了，哆哆嗦嗦地跑不动了，却还是拼命地奔跑，想要逃离那里。奔跑的场景多次浮现在眼前。因为朋友还留在那里，我并没有真心想逃的意思，我也明白他会把我抓回去。我回忆起来的是……用手拨开芒草的声响、近乎无声的呼救声、强忍哭泣的喘息声。这些声音似乎都隐藏在我的鼓膜后面。"

我和沙织见了最后一面，临别时她把从笔记本上撕下来的一张纸递给我，说道："刚开始写的时候本来以为能写出来，但是最后还是只写到了这里。"

文章的开头是"那天，那时候……"，题目是《世界上没有神，不可能有神》。

她说"只写到了这里"的结尾部分有这样一句话：

"要是能够忘掉的话……从记忆复苏的那天开始，每天都是这样活过来的。记忆复苏的日子马上就来临了。

"11岁那年暑假，我和一个10岁的朋友两个人在一起玩。我们在神社后面挖蚁狮的陷阱玩。那是一个闷热的下午，一个陌生男人打招呼说'请告诉我坟墓的位置'。"

沙织对着天空问道："冰封的心还能解冻吗？"

接下来她又转述了心理咨询师的话。

"那就像让死人复活一样困难。我们不可能让人死而复生。"

她又说，不知道什么是"心"。

"如果不保持敏锐的感觉，就无法做出体贴的行为。'做真实的自己就好'，对我来说很难，我不知道该怎么办。"

做真实的自己，确实对我来说也很难。但是对于沙织而言，必须从寻找立足的根基开始。

只有一次，我也感觉脚下变成了无底的泥沼，仿佛与整个世界割裂开来了。当时，我甚至松开了两个孩子的手。

那时候，每一秒都不知道该如何喘息才好，整个人几乎要消失在虚空中。如今想来，莫非那就是"发疯"的感觉？沙织从出生那一刻起就一直有这种感觉吗？她一直在那种状态下苦苦挣扎到现在吗？（我变成这样的原因是丈夫出轨，似乎是随处可见的现象。）

沙织用钢笔飞速地写下一段话：

"与成长经历密切相关，复杂的强奸事件。我感觉自己生在了人间地狱里。需要能够战胜困难的力量……那些东西有什么意义？如果给它赋予意义，那就很荒谬。"

虽然嘴上说着荒谬，沙织如今还在不断探索和继母相遇的意义，看着都让人心酸。她想用自己的双手抓住和这个世界相连的"意义"。她仿佛在说，岂能轻易放弃，让故事以"丧失"告终呢？现在，对于沙织而言，关键在于继母，绝非生母。

继母是她曾满腔热情地呼唤过"妈妈"的唯一一个人。她发自内心地渴望得到那个人的爱和守护，却没有丝毫被爱、被守护、被重视的记忆。既然如此，她不明白自己为什么被生下来。如果在这个世上连一根赖以生存的绳索都没有，那她应该怎么活下去呢？

所以人才会不断寻求活着的意义吧。无论一个人受到父母多么严重的虐待，只要有哪怕一星半点的亲情，就足以说明他存在的意义，他就能从在黑暗的世界里、独自徘徊的地狱中得到拯救。就像唯真渴望和母亲一起生活、明日香"哪怕成为奴隶"也要和妈妈住在一起那样……

可是，她们不顾一切的后果是什么呢？

我希望她们觉得，光是怀胎十月零十天，就算是母亲给了她们爱。而且，如果能够珍惜"现在"，那些不知向何处宣泄的痛苦多少也会减轻一些吧。

沙织曾问我"你对孩子的爱是无条件的吗"，我用邮件答复了她。

"我爱我的两个儿子，没有任何条件。我也从来没有考虑过这个问题。"

沙织是这样回复我的：

"爱本来就是不需要条件的呀。我必须在网上搜索'无条件'这个词，思考之后才能明白它的意思。"

本来不需要搜索的东西，沙织却必须经过"思考"才能明白。

"诶，祥子姐，怎样才能活得轻松一些呢？"

沙织当时在开车，我坐在副驾驶座位上。听到这句话，我的身体一下子僵住了。那是我第三次走访她所住的城市。根本没有什么简单明了的答案。我记得我好像对她说过，抚养小梦和小海的负担很重，今后他们要分别去上小学和幼儿园了，客观来讲你会轻松一些，这不是坏事。

"对啊，是这么个道理。"

她很善解人意，没再继续追问，我松了一口气。只有一点，我想告诉她。

"如果以后还是觉得'停不下来'，也可以选择每隔三个月让小梦住一次院。"

我脑子里想到的是爱知儿科的 32 号病房楼。有发育障碍的孩子很多，因为发育障碍而惨遭虐待的孩子也不少。32 号病房楼的孩子们都去隔壁的大府特殊教育学校上学。在学校和医院的配合之下，他们能够克服不愿去上学的想法，他们在护士的指导之下接受生活疗法训练，可以克服难以适应日常生活、缺乏社会交际能力的问题。

最重要的是，在和小梦分开后，沙织自己可以疗养一下。分开以后，也许会有新的发现，学到一些东西。

据说全日本至今都没有类似爱知儿科那样的专门治疗受虐后遗症的机构。为了沙织和小梦这样的母女，我强烈希望在各地建成这样的治疗设施。

我给第二章中出现的"大家的泽井家"的友纪女士打电话时，直截了当地对她讲了沙织的现状。因为沙织最近给我发了一封邮件，里面写着"我已经对小梦不抱希望了。一和她接触我就生气，所以尽量减少接触，如果有机会我要把她从高处推下去"。我想咨询一下友纪，沙织快要陷入绝境了，我们能做些什么？结果她这样回复了我：

"正是这种时候才需要我们这些养父母。我希望她能把小梦委托给养父母。我觉得她付出了很多努力。那么难养的孩子，她能抚养到现在这样很不容易。养父母会重视和亲生父母之间的关系，希望她放心地把孩子交给养父母，与孩子分开后好好休息一下。我们真心希望那些家长轻松一些，与孩子建立良好的关系。"

我听了友纪的话,感动得眼泪掉了下来。确实如此。她们这些养父母的存在,就是为了帮助沙织和小梦这样的母亲和孩子。

还有一些话我想对沙织说,虽然你嘴上说着"去死吧""好讨厌"之类的话,却绝不会像你的生母或继母那样抛弃孩子、放弃抚养。你所走的育儿之路和自己的遭遇截然不同。我希望你对此感到骄傲。虽然你还在路上,距离"完全解决问题"还很遥远。

结　　语

那个"声响"至今还隐隐约约地残留在我的耳畔。

2012 年夏天，我再次拜访了爱知小儿保健医疗综合中心（爱知儿科）。

我见到了久未谋面的新井康祥医生，他带我参观了心理治疗科 32 号病房楼。这个病房楼正是本次"旅程"的起点，2011 年夏天，为了完成《周刊朝日》的采访，我在这里住了两个晚上。

新井医生用挂在脖子上的 ID 卡打开了门锁，进入楼内。刚过中午，天气闷热，病房楼内有些昏暗，寂静无声。这个时间段，住院的孩子们大多都去隔壁的大府特殊教育学校上学了。

只有一个男孩的身影进入了我的视野。他和一名女护士面对面坐在食堂的餐桌旁。少年注意到了我们，抬起头瞥了一眼。他看上去很老实，感觉有些纤弱。大概读小学三四年级的样子吧。

继续往里走，进入 24 小时封闭的区域。他带我来到角落里一个叫"moon"（月亮）的房间，此时护士敲了敲门，进来对新井医生说了几句话。

据说接下来要使用这个房间了。

刚才看到的男孩与我们擦肩而过，独自进入了房间，护士轻轻地关上门，守在门外。

moon 是一个可容纳一张床的单间，首先映入眼帘的是大小不一的各种布偶。亚麻油毡的地板上铺着海绵拼图地垫，贴着象牙色厚纸的墙壁用木板进行了加固。

新井医生对我解释说："当患儿感到烦躁或者怒火上涌时，可以独自待在这里冷静一下。"

房间里摆着赏叶植物，还有一个直接放在地板上的沙发。这个小小的空间整体色调统一为象牙色，周围摆满了布制玩偶，可以让人放松身心，是个治愈精神创伤的房间。

新井医生又继续说道："我们的想法是与其让他们把怒气撒在别人身上，还不如在这里打布偶出气呢。"

走出房间后，听着新井医生的说明，我的耳朵似乎感知到了什么异样。这个声音是什么呢？以前从来没有听过类似的动静……我不由得东张西望，环顾四周。

"扑通、扑通、扑通……"

少年进去后就锁上了门，门里面传来了沉闷的声响。

"扑通、扑通、扑通……"

干巴巴的声响，有一定的频率。既不激烈也不杂乱，反而显得很从容。那个声音逐渐具备了一定的意义。那是小小的拳头殴打什么东西的声音。走进房间时第一眼看到的那个巨大的布偶如今恐怕已化身为沙袋了吧。

我刚弄明白怎么回事，心里一阵发紧。那个男孩看上去那样温顺……出房间时与他擦肩而过，我并没有感觉到他有什么奇怪之处……

他在朝什么东西挥舞那双小小的拳头呢？那双拳头落在了

什么地方呢？

在我看来，那就是遭受虐待的孩子心底的呼喊，是无声的悲鸣。

虐待给孩子带去了什么，又夺走了什么呢？通过这段旅程，我得以窥见了一部分答案。

我在爱知儿科 32 号病房楼、儿童福利院和婴儿院、家人之家等设施亲眼见到了各种孩子面临的现实，陪伴在他们身边的大人们的忧虑与苦恼。

在家人之家生活的孩子们之所以会成为本书的主人公，是因为我可以在生活中的各种场景下与他们接触，而且无论白天还是黑夜，我都可以请那些抚养他们的养父母抽时间给我讲述他们的故事。我觉得正因为"家人之家"是在家庭内部进行抚养的设施，所以才能做到这样。

我就像走访亲戚家一样，前往"某某之家"，见到那里的养父母和孩子们，一起喝茶吃饭、晾衣服、洗碗，亲身体验了遭受虐待的孩子们"后来"的日常生活。

明丽的阳光洒在餐厅的桌子上，我听着养父母们的讲述，一次又一次地咬紧嘴唇、强忍眼泪、无语凝噎。

原来虐待竟会如此扭曲、损害一个人的成长根基啊。我不由得再次感叹它那可怕的破坏力。

由于受到虐待，那些孩子没能建立作为人的成长基础，他们将会面临多么艰难的人生啊。这一残酷的现实让我的内心受到了震撼。

除非关掉情绪的开关，拉下情感的总闸，否则无法忍受过于残酷的现实生活。被迫面对这一切,那些孩子的身心已经千疮百孔。无论身体、心灵还是大脑都变得伤痕累累。从父母那里得到的东西只有血的味道、疼痛、麻木的感觉,还有恐惧……

正因为如此,如今我重新认识到,必须把正义的光投射到那些因受虐待而获得救助的数量众多的孩子身上,他们是幸存者。

虐待给他们带来了残酷的损伤,有时候我们忍不住想要捂住眼睛、堵住耳朵。但是,我们不应该将视线从"孩子们的现实"上移开。我们必须站在"孩子的立场"上审视虐待问题。

一名不到30岁的青年成长过程中一直遭受母亲的虐待,后来杀死了母亲。他在法庭上高呼道:"如今我更羡慕那些受虐待致死的孩子。"

还有比这更令人悲痛的事吗?

正因为如此,我强烈认为,整个社会必须从"受虐后遗症"这个视角出发,关注"幸存的"受虐待儿童面临的现实。

那些孩子是在残酷的现实中活下来的幸存者,希望大家都能向他们伸出援手。

如果美由不是在"新家"里享受着爸爸妈妈的爱重获新生的话,就只能在被"妖怪"的声音愚弄、不停地截断记忆中长大成人吧。那样的后果是什么呢?恐怕是虐待的"连锁反应"吧。

雅人如果一直害怕精神创伤带来的恐惧,被喷涌而出的冲动牵着鼻子走的话，要想过上属于自己的精彩人生，恐怕接近不可能吧。

一个人获得什么，才能让因虐待所受的伤害逐渐平复呢？

沙织将伤痕封锁起来，没有治愈就长大了。她给了我一个启发。她在信中对我这样说道：

"比起虐待或强奸的可怕，也许感觉终极的孤独才是真正恐怖的事……与其体验这种感觉，还不如不要活着，我可能会选择放弃生命……"

自从获得生命以来，她一直很孤独。在孤独这一漆黑的荒野中，她从小一直被吊在半空中飘飘荡荡。

本来应该有人陪在她身边、给她温暖、紧紧抱住她、温柔地对她说"不要紧"……

直到读小学四年级，都没有人守护拓海，也没有人理解他。所以他才会在养父母面前抽抽搭搭地哭着说"我还是死了算了"。估计他能看到的未来只是一片黑漆漆的孤独的汪洋吧。

当然，也有受虐待的儿童心中存有母亲的温暖记忆，母亲偶尔有温柔的时候，将自己抱在怀里也不止一两次。估计明日香也有这种经历吧。正因为如此，她渴望得到母爱，但是却被母亲"无情抛弃"，"没能得到母亲的守护和养育"。这种"丧失感"非常残酷，深深地刺痛了她的心。我只希望她如今没有在黑暗中孤独地流浪。

本书中出场的每个孩子历尽艰辛的故事都是过于残酷的现实。但是，我遇到的很多孩子在各家各户的餐桌上有说有笑，开心地用餐。

满怀自豪地给我看的饲养的乌龟、弹给我听的钢琴的旋

不知道自己生日的女孩　203

律、说"欢迎你再来"时那铿锵有力的声音……

那些孩子患上了解离症,有的选择变成一堵墙,他们是活下来的幸存者,各自在周围的人的关爱下找回了绽放的笑容。只要有人理解自己、接受自己、给自己温暖——哪怕对方不是亲生父母——那个孩子的人生也会得到拯救。通过家人之家的孩子们的"现状",我认识到了这一点。

在某个家人之家看到的晚餐场景令我难以忘怀。一名高中男生结束了田径部的训练活动,回家后已经饿得前胸贴后背,正在吃饭的时候,一个3岁的幼儿拉大便了。于是他赶紧放下筷子,极为自然地帮助妈妈给幼儿换纸尿裤。他扔掉污秽物,拿来新的纸尿裤……他丝毫没有嫌弃的样子,似乎这一切都是理所当然的事。我很吃惊,如今竟然还有这样的高中男生。

担任"妈妈"角色的养母对我说:"孩子们心里有一种很强的意识:彼此都是背负同样痛苦的伙伴。与此同时,他们也很理解我们做养父母的一片苦心。不管是男孩还是女孩都这样,也不分年龄。那些孩子真的很了不起。如果3岁的孩子有需求,哪怕是一个6岁的孩子,也会率先站出来帮忙。我认为这就是同时抚养多个孩子的好处。伙伴是很重要的啊,会让人觉得心里有依靠。"

住在同一个屋檐下,孩子们和大人之间流淌着温暖的爱。那是因为彼此了解对方的痛楚才会这样吗?能够互相关怀、分享彼此的喜悦、引发共鸣,之所以能够生活在这样的关系当中,也是因为那些从虐待中幸存下来的孩子们获得了稳定的家庭环境。

通往希望的"岔道口"在哪里呢？

上面的那位养母简洁明快地回答说："在于是否存在可以扎根的场所。"

根，指的是一个人存在的根基，周围都是值得信赖的人，可以安心生活的场所。这正是"家庭本来应有的样子"。

她的家里现在有 6 个孩子，最小的 3 岁，最大的读高三。当初一个 4 岁的男孩由于 IQ（智商）水平低，福利院认为"养父母无法抚养"，但是他如今在读一所重点高中，正在准备高考，目标是某个国立大学。

她笑眯眯地说："那个孩子在这个家里扎下了根。人一旦扎根，障碍症状也会减轻。无论什么样的孩子都会发生改变。"

据说最近她在两人单独相处时试着这样问道："你不想见见你的亲妈吗？"

因为他根本不提生母的事，养母有些担心他一直在心里憋着。他一副非常惊讶的样子。

"我从来没想过那种事。你现在一问，我才想起来还有亲妈这回事。我现在的生活非常幸福。所以完全不考虑那些事。因为我对现状很满意。"

然后他又说："妈妈，我是谁生的都没关系吧？每个人都和别人不一样，也没什么吧？"

她呼吁道："孩子都是有希望的。这些孩子心里都充满了各种梦想。无论什么样的孩子都有希望，都有很多闪光点。大人不能毁掉他们的未来。能否让他们像金子一样发光，是大人的责任。"

希望就在于这里。

虐待会毁掉一个孩子，有时候甚至会造成悲惨的死亡。正因为如此，像第四章中出场的情绪障碍儿童短期治疗中心的指导科长说的那样，我现在想对那些生活在"社会抚养"机构的孩子们说："谢谢你好好活着。"

　　既然活着，我就希望他们每个人都能体会到活着真好的感觉。让他们产生这种想法，是我们大人的责任。

　　获得救助的孩子们所处的现实环境依然非常严峻。虐待现象不断增加，儿童庇护所的体制建设跟不上。政府虽然明确了从设施抚养转向家庭抚养的方针，但是与其他各国相比，日本将孩子委托给养父母的比例还很低。

　　我们必须正确认识这一现实。即便如此，通过这次小小的旅程，我看到了"希望"。孩子们在家人之家这个"新家"里获得了新生，我从他们身上感到了希望和确凿的光。

　　虽然那希望也许还很渺茫，但是能够接触到那束光，对我来说具有重大的意义。仅是了解到那种温暖，我觉得此次旅程就是有意义的。为了尽可能将那束光释放的"温暖"传递给更多人，我写下了这本拙著。

　　另外，本书中出现了受虐待儿童生活的各种场所以及与他们相关的各种人物，原则上我尽量避免了能够查明那些场所的表达。除了部分例外，设施名和出场人物的名字全都使用化名。因为我担心一旦被查明，受虐待儿童将会失去生活的场所。这是最不应该发生的事。

　　2011年夏天和2012年冬天，我用橘由步这个笔名分别在《周刊朝日》上刊登了题为《受虐待儿童的后来》和《受虐待儿童的后来·续篇》的报道，合计连载了 8 次。这些报道从治疗机构、福利院、包括家人之家在内的养父母家等社会抚养的"场所"揭示了问题所在。我想顺便说一下，当时采访的部分内容成了本书的精髓。

最后，我想给大家讲一下沙织的近况。她听取了第二章中出现的"大家的泽井家"的友纪的建议，主动开始行动，联系当地的儿童庇护所，想要切断虐待的连锁反应。

在这一过程中，据说她和某个福利院的院长面谈过。

在本文的最后，我想放上沙织发给我的邮件。

"院长面试过很多孩子的妈妈，他非常理解我的心情。从那以后我的眼泪流个不停。我真的很努力了。在快要泄气的时候，你和友纪女士在背后推了我一把。那一刻，我第一次感到自己并不孤独。不行了，眼泪又流出来了。"

本书之所以能够面世，多亏了各位爽快地接受了像我这样的外部人员的采访。爱知儿科的各位大夫以及工作人员，儿童福利院、婴儿院、情绪障碍儿童短期治疗中心的各位职员，各位养父母，还有本书的主人公生活的家人之家的各位，我要向你们表示衷心的感谢。

我看到大家努力的身姿，深受感动。我心想，这是多么辛苦的工作呀。可是大家全都带着爽朗的笑容回复说："我并没有做什么特别的事啊。"正因为如此，我想要让世人了解，那些遭受过虐待的孩子生活的地方，绝非"特别的人打造的特别的场所"。我想把各位所在的"场所"与我们普通人所在的

"场所"连接起来。因为我相信，为了那些深受伤害的孩子们，我们一定也能"做些什么"。

　　沙织，真的很感谢你把自己的痛苦经历讲给我听。为了无愧于你的勇气，今后我也会继续坚持写作，写出不辜负你的好意的作品。

黑川祥子
2013 年 10 月

文库本寄语
——获得能够扎根的场所后～历经 3 年时光后的现状～

　　经过 3 年的岁月，为了见证每位主人公的"现状"，我再次前往那些令人怀念的地方。原本是小孩的几位主人公全都进入了青春期阶段。人们认为这是一个多愁善感的时期，这个年龄段的孩子很难对付。身为受虐待的幸存者，他们或她们获得了"家庭"这个可以扎根的场所，会怎样度过这个时期呢？我想亲眼确认一下，对于那些幸存者来说，这 3 年的岁月意味着什么。最重要的是，我产生了一种想见一见孩子们的冲动，所以才有了这次旅程。

　　以前曾经多次留宿，现在却有些担心能不能找到。凭着模糊的记忆，转过拐角的那一刻，所有记忆都复苏了，往日的情景历历在目。
　　第一章中的主人公美由所生活的"横山之家"和以前一样，静静地坐落在住宅区的一角。我记得玄关前除了自行车之外，应该还有三轮车和带辅助轮的小自行车，如今却不见踪影，说明那些幼儿也都上小学了。
　　"欢迎欢迎！好久不见了啊！"
　　久美那温暖的笑容和 3 年前一模一样。她身后有一个身材瘦削的初中生模样的女孩。难道说这就是美由？

"是呀,是美由。今年春天开始读初一了呀。"

从一个天真烂漫的小女孩长成了清秀的少女,美由的变化挺大的。她个子长高了,脸上的稚气已经褪去,下巴尖尖的小脸再加上一个高马尾,显得很精神。我印象中那个扎着两条麻花辫的温柔甜美的小姑娘,如今变成了英姿勃发的少女。

"美由,你好!还记得我吗?我很想你呀!"

美由看着我轻轻地点了点头。看到我兴高采烈的样子,她有些不知所措,却又露出了一丝害羞的笑容。我感到她身上有那种站在青春期入口处的少女所特有的"僵硬"和紧张,但是难以抑制激动的心情,连珠炮般地问了她很多问题。学校生活怎么样?社团活动呢?

她的回答语速很快,声音像蚊子叫一样小。我反复问了她好几次,才听清她说的是在吹奏乐器社团练习打击乐器。每次我一反问,她就显得更加紧张了,不停地眨巴眼睛,看上去有些可怜。

美由到底怎么了呢?仿佛为了打消我的不安,久美爽朗地笑着说:

"我也是呀,美由说的话,连一半都听不懂!"

啊?那是怎么回事呢?可能是因为我脸上闪过了摸不着头脑的表情,所以久美就对我解释了美由的现状。

她说患有 ADHD 的孩子随着年龄的增长,多动症会消失,但是往往语速会变快,美由也是如此。美由竟然患有 ADHD?我有些意外。久美说当时她的解离和幻听等症状过于严重,所以就没有特意告诉我。杉山登志郎医生提出虐待会造成"第四种发育障碍",可见发育障碍在受虐待儿童身上多么常见。不过就是这点儿小病嘛,久美一副气定神闲的样子,静静地守护着美由。

"自己想说的内容都涌到嗓子眼儿那里了,却很难组织语言把它说出来。不过,正常交流没有问题。她在学校里能听懂老师的指示,也会照做。只是选择词语的时候会一时语塞。因为没有自信,声音就越来越小,也不肯多开口。"

说到这里,久美停顿了一下,果断地说:

"她又是那种容易紧张的体质,毕竟她在成长过程中得到的都是恐惧和紧张嘛。不过啊,她现在没有解离症状了。很棒吧?以前她可是一紧张就会出现解离症状的呀。"

如今美由不仅没有解离症状了,幻听也消失了,也不再会僵住了。那样折磨美由的"妖怪"消失了,她的康复程度令主治医师都感到吃惊。

不过,久美一直陪伴着美由的成长,她有一点很深的感触。

"我认为 3 岁之前的抚养方式非常重要。最初的 3 年什么都不做,和中间缺失 3 年的后果大不相同。"

确实,看一下美由的成长过程就会发现,她从刚出生的时候直到 3 岁那年获得救助,别说母爱了,甚至没有得到正常的抚养。久美所说的"最初的 3 年"之所以重要,是因为这一时期关系到"依恋"的形成。换句话说,一个新生儿在长到 3 岁之前,如果得到爱的滋养,就会形成依恋,那是"一个人成长的基础"。能否建立依恋关系,将会很大程度上改变一个人的人生,我在本书中曾多次指出这一点。

缺失"依恋"这一基础,将会给孩子带来什么样的障碍呢?久美通过和美由一起生活,估计深有体会吧。但是,久美像是想开了,她爽朗地笑着说:

不知道自己生日的女孩　　211

"不过，美由已经顺利地长这么大了，所以我心想就不用太在意她说话的问题了，能听懂一半就够了。"

现在美由在自己房间里养着仓鼠和美洲小蝾螈。我提出想看看，这个提议似乎让她有点儿高兴，不，是相当高兴。因为她脸上浮现出了自豪的表情。我看到美洲小蝾螈后吓了一跳，她在旁边似乎很开心。单凭这一点，我觉得这孩子就是"一束光"。她的存在本身就惹人怜爱，让人想要好好地呵护她成长。

美由的房间里有很多动物布偶，随处都能让人感到她的品位很好。

"美由很喜欢动物。以前的'喜欢'是把它们关起来进行控制，现在的'喜欢'是尊重生物并照顾它们。她学会了思考怎样才是对仓鼠好。"

美由上小学六年级的时候制作了一本画册。主人公是和"大家"不一样的瓢虫，背上多一颗星。"大家"最后发现了一件很重要的事：

"原来你背上多出来的那颗星代表勇气啊。"

和大家不一样没关系哦。这是美由通过画册传达的信息。

我在横山家逗留期间，宽大的餐桌几乎成了读大学的早纪一个人表演的舞台，她接连不断地抛出各种话题。

"上大学超级累。我在学英语，想去短期留学，但是需要亲生父母的签名，所以去不了了。"

未成年要想申请护照，需要法定代理人的签名，那些从小在社会抚养机构长大的孩子，难道也必须由亲生父母签名吗？有的孩子不想和亲生父母打交道。早纪正是如此。

"前一阵，我去参加了IFCA的集会。大家都当着很多人的面讲述自己的成长经历,我心想我是不是最好也这样做呢。"

所谓 IFCA,是日本和美国的被社会抚养的当事人之间交流的集会,当事人为了自己的权利主动发言、开展活动。竟然从早纪嘴里听到这样的话,这是以前我拜访横山家时没有预料到的事。

美由坐在喋喋不休的早纪旁边一言不发,也没有回自己房间,脸上时不时地浮现出笑容。

雅人给我的印象是个子比以前高了,其他变化不大。他已经读初二了,却还是那个苗条纤弱的美少年,肤色白皙,显得理性又有智慧。

能看到海的小村落的一角,就是第二章的故事的舞台。"大家的泽井家"的屋檐下,深蓝和灰色的衣物还在迎风飘荡。雅人最大,阿有读小学六年级、敦也读五年级,当初上保育园的阿进已经是二年级学生。矮小瘦弱的文人离开了泽井家,回到了生母身边。文人的母亲精神很脆弱,在友纪的帮助下,母子二人维持着生活。我想起来友纪以前就说过,这种角色也是养父母的重要职责。

当我问及雅人时,友纪一开口就大笑着说:"小雅是个傻瓜。"

她说:"真是的,自己生的孩子我都没这么苦恼过。为了他今后的出路,我一次又一次地栽跟头。"

"从六年级开始,他就不愿去上学了。当然了,因为害怕我,他不敢不去。不过,他总是怀着被人欺负的强烈意识,貌似很痛苦。他遭受了语言暴力,被人说'太笨了''赶紧点儿,干啥呢?'。我也去了学校很多次。总算是撑到毕业了。"

雅人初中没有读普通班,而是选择了特殊教育班。这说明那些"普通的"孩子给雅人造成了很大伤害。学校方面对此也心知肚明,所以特意安排他去了更好的环境。

如今他还是经常出现恐慌障碍、解离等症状。随着年级的升高,无论学习方面还是生活方面,他与同龄的孩子之间的差距越来越大。

"去礼堂按时排队,就连这点事儿他都做不到。因为他没有时间观念。他也没有数字概念,所以算术从小学三年级开始就没有长进了。不过他挺喜欢学汉字课和社会课的。"

为了雅人以后能够自食其力,友纪为他设计的道路是升入特殊教育学校的高中部,以残疾人的身份就业。但是,他的智力水平没有那么低,不足以被认定为智障。雅人并不是先天性障碍,而是由于环境因素造成的发育迟缓。每天都不知道什么时候会挨打、什么时候会被按在燃气灶的火苗上,身心和大脑怎么能够健康发育呢?关闭情绪的开关,为求自保已经竭尽全力,雅人就是在这样的环境里活下来的。

无论如何都办不下来残疾证,友纪就去找雅人的主治医师。她哀求道:

"雅人18岁就要离开我家,我得考虑以后该怎么帮助他,这是我的工作。您的工作就是帮我一把对吧?大夫,麻烦您改一下智力测试的分数吧!请您想办法帮他申请残疾证!"

说到底,这个请求太胡闹了。医生不可能随便篡改数字。既然主治医师那边行不通,友纪又去找儿童庇护所。正当她东奔西走的时候,雅人对他最喜欢的老师讲了将来的梦想。友纪难以隐藏心中的惊喜。

"听老师说，雅人说他'想成为水族馆的饲养员'。老师问我有没有想到过这样的未来。我简直太高兴了……"

这也难怪，毕竟之前他一直说"想在生产考拉小熊夹心饼干的公司上班"，理由是"出现瑕疵品的话，我就可以吃"。

雅人在家里只说过这种轻率的话，却在学校里对老师说："我想在冲绳的美丽海水族馆工作，因为在日本，只有那里有鲸鲨。"

被称为"鱼痴"的他曾待在房间的窗帘后面，把刚钓来的整条鲷鱼举到自己面前观看。没想到他竟然希望在水族馆工作。听了友纪的讲述，我感到惊叹不已。"鱼痴"果然就是"鱼痴"。这说明雅人在泽井家的成长过程中，没有丢掉自己本来的个性。

友纪笑个不停。

"我听说这件事之后，感到很幸福。想想当初我都干了些什么？大吵大闹的，甚至不惜去逼迫别人。我心想我真是为你小子操碎了心啊，不过这下可算是有着落了。目标是水产高中。"

雅人现在也会偶尔变得悲观，陷入"我还是不要活着的好"的状态。老师感到很担心，就对友纪说："请你写封信鼓励一下他。"

"好，那就写吧！"友纪拿起笔，在信的开头这样写道："写给全世界最最喜欢的雅人"。

这封信写着写着竟然变成了情书。

"你和我虽然是没有血缘关系的母子，可是在你5岁时我第一次见到你，就爱上了你……"

据说雅人从老师手上拿到信，读完之后抿嘴一笑。然后马上就精神焕发了，转变快得惊人。

雅人回家后什么都没说，仿佛什么都没有发生过一样，一副超然物外的样子。

友纪乐呵呵地继续说道："我上面写着'第一封'。意思是'等着吧，还有下一封情书哦'。可能我还写了到死都要纠缠你！"

友纪笑得肚子都疼了。这张笑脸如今已经深深地印在了雅人的心里。时时刻刻鼓励着他，给他温暖。这个家是他随时可以回去的安全的场所。也就是说，雅人从生母那里没能获得依恋这一成长的基础，却在和友纪一起生活的过程中顺利得到了。

"机器猫"一下子长高了，也变瘦了，变成了一个魁梧精悍的少年。

第三章的主人公拓海所生活的"家人之家'希望之家'"的大门还是老样子，我感觉像是时光穿梭一样，一走进去才发现房间的布局发生了很大变化。据说刚重新装修完。高桥朋子对我讲了原因。

"在里面给阿彩建了一个房间。因为她已经读三年级了。不过，如今还是和我一起睡上下铺，给四年级的阿聪也准备了一个房间，可是他还是和爸爸一起睡。这俩孩子都还不能自己睡。"

因此，原本位于客厅里侧靠窗位置的阿晃和拓海的宠物区角没了，他们只能在各自的房间里饲养宠物。

听到这里，我突然好奇拓海的乌龟长多大了。因为那时候乌龟是拓海的骄傲。

拓海已经读初三了。他按照自己的决定进了一所特殊教育学校，竟然还当上了学生会的副会长，听说此事后我忍不住发出了

"啊"的惊叹声。以前他可是被学校当成了问题学生，还差点被赶出去。朋子大声笑着说："是不是不敢相信？"

"好像是老师劝他说'你有能力站在帮助其他孩子的立场上'，不过拓海拒绝说'我不想当会长，因为开运动会的时候必须站在主席台上'。然后他推荐了别的孩子。"

拓海成了候选人，对他来说最大的问题是竞选演讲。他到底能不能在众人面前讲话呢？据说老师也是赌了一把。拓海站到了台上。

"海报上都写了，我是竞选副会长的高桥。"

光是说这一句，就是很大的进步。而且开运动会的时候他不需要站在主席台上了。

"拓海一直都在扮演无名英雄的角色。有的孩子糊里糊涂地不知道要去哪里，他就把对方带回教室……上小学的时候，运动会是他最讨厌的活动，来我家之后也是，开运动会那天，他把帐篷降到最低处，像乌龟一样躲在里面，还说'要是能快点结束就好了'。"

对于福利院的孩子来说，开运动会的时候父母要来学校陪孩子一起吃饭，这种活动等于让他们失去在学校的立足之地。而且还会被别人指指点点地说"那是福利院的孩子"，对于拓海来说没有一点美好的回忆。可是，到了初中，他竟然成了负责运营的一方。

现在是决定毕业后去向的关键时刻。虽然可以直接升入特殊教育学校的高中部，不过老师和朋子都在考虑更高层次的学校。

"有一个叫特别支援高中的学校，竞争非常激烈。他所在的特殊教育学校还没有人考上过。但是那里的职业训练做得很彻底,就业率百分之百,所以肯定能作为正式员工开始社会生活。"

朋子问拓海:"你怎么打算?你不用勉强自己参加考试,不过我觉得以你现在的实力,可以挑战一下。"

"明白了。"

拓海回答得很干脆。

"那妈妈给你写在联络账上。"

拓海打断了朋子的话:"不用写,我自己跟老师说。"

拓海已经成长到这个程度了。刚来高桥家的时候,他还是小学生,老是说"我太笨了,所以干不了什么工作,到18岁只能去死"。这个男孩曾在朋子面前抽抽搭搭地哭着说:"长大以后应该很痛苦吧?"如今他开始认真思考自己18岁以后的人生,打算挑战将来可以确保作为正式员工就业的高中。靠自己的收入生活下去,将来会觉得"我的人生也还不错呀"——这正是朋子渴望帮他实现的生活。拓海正朝着那样的未来一步一个脚印地前进着。

我不由得想,当一个孩子受到了尊重,这种体验会给他带来很大的自信,让他变得积极向上。在高桥家有了安身之处,获得了家人的爱,一起生活了6年,拓海变得能够肯定自我了。如果按照福利院的方针,没有被安置到高桥家的话……后果很容易想象,那他的未来就令人担忧了。他的能力不会被挖掘出来,根本就没有未来可言。

但是,如今生活在儿童福利院的孩子所处的情况就是这样,虽然程度不同,但他们都被夺走了很多东西,就连人生的梦想都无法描绘。他们面前有一堵残酷的墙,那就是"18岁的春天"。看到拓海的成长如此显著,我不禁开始思考家庭抚养的重要性。

最近发生了一件事,有个孩子在教室里纠缠不休,拓海就大声吓唬了一下他。老师又赌了一把,他认为这是让拓海成长的绝佳机会。因此他故意斥责道:

"你小子啊,要是想去读下一个阶段的高中,这样子可不行啊!"

要是在以前,拓海可能会赌气说"那就算了",这次他带着生气的表情回了教室,1个小时后却来找老师说:"我认为老师说得很对。"

朋子坚信:"初中没选错。我觉得要是去了普通初中,他将会没有立足之地,心理上也不会成长,心中反倒会充满自卑感和疏离感。在学校里受到了尊重,能够获得这种体验真的很重要。"

作为副会长,拓海在今年的运动会上很活跃,他的生母也来观看了。虽然生母不会把他领回家一起住,不过当朋子对她说"拓海真的很努力哦"的时候,她笑得很开心。拓海时不时地瞥生母一眼,似乎对她挺在意的。于是朋子提议道:"拓海,等你发了第一个月工资,得给你妈妈买点东西。"

对于拓海来说,这话犹如晴天霹雳。

"妈妈,原来第一个月工资要用来给她买东西吗?"

拓海如今陷入了巨大的苦恼之中。

我在高桥家逗留期间,拓海基本上一直待在二楼自己的房间里。可能是有些害羞吧,即使下楼来客厅,也不肯和我对视。这就是初三男孩的正常表现。我刚到那里的时候,比以前略胖的阿晃打招呼说:"你是黑川阿姨吧?"看来初一的男孩还有些孩子气。

不过,拓海还是会在朋子面前撒娇,嘴上说着"妈妈,妈

不知道自己生日的女孩   219

妈,你听我说",这一点和以前完全一样。虽然声音完全变粗了。

　　没有人见过"后来"的明日香。无论是曾经的养母川本恭子,还是曾经亲如姐妹的恭子的亲生女儿叶月。
　　能讲给我听的消息,只是粗略的"后来"。
　　恭子说道:"情短(情绪障碍儿童短期治疗中心)是两年的疗程。从初一那年秋天住进去,到初三那年秋天疗程就结束了,但是她还是无法回到生母身边,因此就去了某个养父母家,准备升入高中。因为那家养父母和我们住的地区不同,完全不清楚是什么样的人家。"
　　第四章的主人公明日香如今已是高一学生。听小道消息说她上的是一所公办的服装职业学校。恭子听说后放心了,如果真是这样,只要她花3年时间掌握一定的职业技能,以后说不定也可以自食其力。
　　"我认为她现在的生活很稳定。在我家的时候,可是一团糟啊。我想她已经放弃了对母亲的幻想。"
　　明日香原本在川本家成长得很顺利,结果生母搅乱了她的生活。然而生母现在也会时不时地用邮件给恭子发送明日香的照片。
　　"明日香穿着很可爱的衣服,有点像AKB的风格。我心想她这是怎么了?看来她总算摆脱母亲的诅咒了。毕竟是女孩子嘛,肯定想穿漂亮的衣服呀。她的神态终于变得自然了。因为可以按照自己的喜好打扮了。我觉得现在不需要担心明日香了,可以放心了。"
　　她和母亲每年见一两次,通过这种形式进行交流。每次见面后，母亲都会把明日香的照片发过来。

恭子给我看了今年夏天的照片。照片中的少女长着一双细长而清秀的眼睛，她瘦了很多，一头黑色的直发垂到腰际，显得有些成熟。她很随意地穿着一条小碎花的连体裤，这是当前女高中生流行的装束。以前恭子曾戏称她为"大猩猩"，如今这个少女身材修长、皮肤白皙，哪里还有半点大猩猩的影子。

估计现在明日香可以和母亲保持适当的距离了。当初她回到小婴儿的状态，苦苦哀求生母的爱，却没能如愿。也许她想办法成功弥补了这份"丧失感"。在情短的治疗自不必说，恐怕在很大程度上也需要医生、心理治疗师以及其他职员的帮助吧。有了前期努力的成果，医生认为每年见一两次的母女关系对于维持明日香的状态"稳定"是最好的。

我强烈希望直接问问明日香，她是怎样弥补"丧失感"的？怎样做到和生母保持适当距离的？最重要的是，我想见一见明日香，看看她会露出什么样的表情，用什么样的声音说话。但是，此事不应该强求。最要紧的是明日香的"现在"和"未来"。现在我想静静地守望这个从未见过面的少女，相信早晚有一天能见到她。

生母时不时地把明日香的情况告诉恭子，恭子很感谢她。因为生母认为明日香需要恭子，至今还把此事放在心上。"所以啊"，恭子看着远方笑着说，"虽然不能直接为明日香做什么，我就像亲戚家的阿姨一样，给她加油。对于那些孩子来说，给他们加油的人越多越好啊。"

如今回想起来在川本家生活的那段日子，明日香作何感想呢？恭子做的"他人盖浇饭"和"烤鳗鱼盖浇饭"现在是否还残

不知道自己生日的女孩　　221

留在明日香的记忆中呢?

恭子完全没有那种恋恋不舍的想法,她心里盼望的只有一点:

明日香啊,你不需要回头看,朝着自己的未来前进吧。不要局限于憋屈或懊悔等负面情绪,希望你走自己的路。"阿姨"对你的期望只有这些。我会在远方一直一直为你加油。

每次刚见面的一刹那,我都觉得泷川沙织长得很像女演员尾野真千子。我因为工作上的事到她所住的城市附近时,一定会和她联系,每年都会和她一起喝几次酒,已经形成了惯例。

最近,虽然沙织被各种身体不适的症状困扰,却为了有障碍的女儿小梦不辞辛劳地奔忙。没想到她能做到这种程度,我都对她的热情感到佩服。

小梦从今年4月开始升入了小学3年级,沙织给她转到了盲人学校,因为她不喜欢大班上课,可能比较适合与老师一对一交流的模式。弟弟小海的视觉障碍源于沙织的遗传,估计小梦也受到了一定的影响,视力下降到了必须读盲人学校的程度。

自从上小学以后,由于小梦无法适应学校生活,沙织把她从普通班转到了情绪障碍班,还请人给她做疗育、心理辅导等。为了改善小梦的生存状况,沙织可以说费尽了心思。

小梦本人也想读盲人学校。不过,她只是最开始那几天顺利去上学。后来一直是躲在沙织车里拒绝进学校的状态。

"我8点半把她送到学校门口,到10点多了她还不肯下车。我就让老师来劝她,自己躲得远远的。因为我不能动手打她。我现在已经变得有耐心多了。"

刚说完这句话,沙织又说,不过最近又失控了。

"怒火噌地就蹿上来了,我疯狂地踹车门。当着老师的面大吼:'我要弄死你!赶紧下车!'小梦发出了报警器般的尖叫,那声音响彻了整个学校。我硬是把她从车上拖下来,车门已经被我踹得凹凸不平了,我也没关车门,直接一踩油门开了回来。"

然后她就陷入了固定的思维模式。

"那天一整天我都心情不好。先是觉得'都怪你,害得我心情不好',然后变成'就因为有你这样的孩子,我才心情不好的',最后演变成了'就因为你这种孩子活在世上,我才心情不好的'。"

不过,她不再像以前那样经常对小梦动手了。

"为了避免打孩子,我就砸墙。砸得我的手都快断了。我已经忍了很久了。"

她说她希望消除对小梦的"厌恶"情绪,哪怕无法对她产生喜欢的感觉。她毫不掩饰对比女儿小4岁的儿子小海的喜爱,因为小海会让她感受到成长的喜悦。

"小海从幼儿园回来后,会唱学过的歌。我觉得很可爱。我去幼儿园看他展示才艺,就会深受触动,觉得他真的长大了。我认为这种记忆很宝贵。勃然大怒时,一想到这些记忆就能停下来。而小梦没有上幼儿园。"

面对小海,她会涌出一种觉得很可爱的情感,对小梦却从来没有过这种感觉。确实,小梦就是这么难以抚养的孩子。

最近，心理咨询师对沙织说："你在成长过程中没有遇到合格的抚养者，小梦也是个特别的孩子。母亲的成长经历十分坎坷，有发育障碍的孩子很难抚养，两个因素叠加起来，往往就会形成最难处理的亲子关系。"

沙织担心自己给小梦的情绪发育带来了负面影响，于是去找心理师咨询，上面那段话就是她得到的答复。

在抚养孩子的过程中，沙织经常遭遇无法判断的场面。

"例如在学校就餐时用的餐具垫。我不知道这个是否需要每天更换。我没有注意，所以就没去管它，结果学校提醒我'请每天更换'，还怀疑我对孩子疏于照顾。可是我哪里知道这种事呢？因为从来没人帮我洗过。"

餐具垫和运动服还好说。有时候小梦不肯去上学，主动提出条件。

"第3节课结束之前，我要和妈妈待在外边。然后我可以去上学。"

沙织不知道究竟应不应该接受这个条件。

"我不喜欢她这样，所以是不是可以拒绝呢？拒绝的话会不会给小梦的情绪发育造成影响呢？我无法做出判断。所以我每次都要问心理咨询师、主治医师或者学校老师的意见。"

她很苦恼，自己的成长经历带来的二次伤害会不会造成小梦的情绪不稳定呢？

"如果是我的经历带来的连锁反应，那我该怎么帮助小梦呢？我又该向谁求助呢？"

因此，她向盲人学校的老师和盘托出了自己的成长经历。她总算遇到了一位值得信任的老师。

"一共有 6 个人抚养过我，可是没有一个是像样的大人。"

然后，她恳求道："因为我的错，害得小梦有很多东西没有学过，为了不被别人当成一个奇怪的妈妈，我一直都在努力，虽然还很不够。如果您发现我和别人不一样，在道德方面有欠缺，或者缺乏常识，请您告诉我。我非常讨厌听到别的孩子说'小梦，你妈妈很奇怪，所以我不和你玩'。"

沙织一直很努力，想要和小梦一起成长。她说："如果我甘于做一个奇怪的妈妈，也会给小梦造成困扰。"

自己没有得到用心抚养，如今当了母亲，只能这样摸索着育儿，频频碰壁。不仅如此，沙织本人也活得战战兢兢的，如同抱着一个炸弹。就在最近，一直封印在记忆中的光景在梦中重现了。

沙织总是梦到被人追逐。最后好不容易逃到一片墓地，必须跨越背后的血河才能逃脱。那条河里漂着尸体。

"那天早上，我起床之后，恶心想吐……那段记忆消失了，是梦境告诉了我。原来我是在墓地被强奸的。以前我只记得风声和茶色的芒草，梦里的场所很清晰……是在墓地后面，绝对不会有人去的地方。好可怕，我哇哇地哭着给心理辅导老师打了个电话。"

读小学六年级的那年暑假，卑鄙下流的男人对年幼的少女犯下的罪行如此残酷，深深地刺痛了她的心。从那天开始，作为人的根基被残忍地撕碎了，沙织带着鲜血淋漓的伤痕活到了现在，那些伤口随时都有可能迸出血来。

沙织喃喃地说："生和死只有一线之隔。我脑子里一直在想，有机会的话就去死……普通人应该不明白这种感觉吧。小时候，睡觉前我总是祈祷说'就这样不要醒过来了吧'。"

"普通人"——这里面自然也包括我。沙织言语中充满了幽默感，爱开玩笑，喝酒时豪爽地干杯，如今死神竟然还站在她身边，面对这个严峻的事实，我惊得呆若木鸡。尽管一起喝酒、一同说笑，我们的命运却不一样。我不需要任何条件，理所当然地活着，而沙织却一直生活在随时可以丢掉生命的地方。

正因为如此，我觉得沙织非常了不起。

沙织超级讨厌小梦，极端讨厌她，从来没觉得她可爱，她来撒娇的时候只觉得"哇，好恶心！"……虽然对小梦有很多负面情绪，但是沙织作为母亲还是在为小梦奔走。沙织自己并没有从生母、继母和养母那里得到这种待遇。我不知道沙织对小梦的虐待会给孩子今后的成长带来什么样的影响，即使如此，沙织作为和生母、继母不一样的"母亲"，还在咬牙坚持活着。我认为这一点是值得称赞的。为小梦着想，将自己的成长经历对老师坦诚相告也称得上勇气可嘉。

可是，她对小梦的态度还是在原地踏步。一生气就没完没了地说一些多余的话。她的口头禅是："就不应该把你这种孩子生下来的。"

小梦也不再一味地逆来顺受了，她会与母亲正面对抗。

"那个小丫头变得能言善辩了，所以更令我生气。她知道惹我生气的要害在哪里。"

我说："小梦可能是跟你学的。"她就笑着说："啊，真有可能。"

"我能找准别人的痛处，把对方说哭。我觉得这是我的才能。真的，小梦和我一样。我心里住着天使和恶魔，对待援助中心的人就像天使一样……"

例如，当别人对她说"千万别想着自杀呀"的时候，"天使"会这样回答："好的，没问题啊，谢谢您。"

"恶魔"的回答是："你们这些人怎么可能理解我们的心情。"

据说这一句话就把上了年纪的女职员气得哭着回家了。她变成"恶魔"的原因是这句话：

"小梦早晚都会理解妈妈的心情，会感谢你的。"

沙织心中的"恶魔"看得很清楚："我很明白，你想要的回答是什么。反正都是假话，只是表面上的应酬。"

虽然每天过着浑浑噩噩、摇摆不定的生活，但是沙织现在的想法很明确：

"我不想再（像以前那样）狠揍小梦了。所以我就砸墙。虽然对小梦很来气，却比以前能忍耐了。"

为了不在孩子面前化身为"恶魔"，沙织拼命地压制住想要挥舞起来的手掌。正因为如此，我想反复对沙织说，虽然你在苦苦挣扎，却一直思考作为母亲应该做什么，也付诸了行动。正因为你想切断虐待的连锁反应，才会让小梦和你一样接受心理辅导。

没有任何育儿的范本就当了母亲，等于踏足一个未知的世界，心中一定充满了不安。

比如在我的记忆中，会有每个季节的饮食、因不安睡不着觉时钻进父母的被窝里那种温暖的感觉。每当孩子生病时，我就会回想起自己嗓子疼或者发烧时受到了什么样的照顾，并按照同样的方式照顾孩子。小梦发烧时，沙织把家里找到的丈夫买的成人用栓剂用在了小梦身上，造成她出现了低温症，差点害死她。因为沙织小时候即使发烧，也没有得到任何照顾。而且，陪伴小梦的成长，就等于剜出"无人照管的"自己的伤疤。

确实，她对小梦的虐待并没有完全消失，不过沙织和她的生母、继母不一样，她选择了勇敢地活下去，这一点毫无疑问。

我和她只是偶尔见面，帮不上她什么忙，不过我衷心希望，沙织周围能多一些支援这对母女的人，援助体系能够更加完善。

"虐待会让一个孩子痛苦一辈子。"

这是美由的养母横山久美说过的话。

"无论环境多么完善，多么让孩子安心，因虐待所受的伤害都不会化为零。有的智力发育迟缓的孩子无法恢复正常，有的出现注意力不集中、多动或不懂别人情绪的症状，多多少少都会存在类似发育障碍的倾向。"

这是每天陪伴受虐待儿童一起生活的人的真实感想。我不由得再次体会到这些话背后沉甸甸的分量。眼前一下子浮现出让沙织痛苦得满地打滚的日子。

虐待给孩子带来的伤害就是这么严重。美由和雅人都获得了家庭这个让人安心的环境，还有给他们温暖怀抱的人，即便如此，他们一生下来就受到了令人不忍直视的虐待，那些痕迹还刻印在他们的身体里。拓海虽然不是先天性智障，却不得不作为智障人士走上自力更生的道路。他生活过的福利院的所作所为也是一种对孩子造成伤害的虐待。

由于最初几年所受的伤害，他们或她们今后的人生一定也会伴随困难吧。即使如此，他们获得了家庭这个安身之处，在那里扎根，有了爱自己的爸爸妈妈，还有经历过同样痛苦的兄弟姐妹，每个孩子都在按照自己的节奏切切实实地成长。

我认为每个孩子都是一束宝贵的光。正因为如此，为了让他们熠熠生辉，为了他们不被阴云遮蔽、释放出美丽的光芒，大人必须抱紧他们、守护他们的成长。受虐待儿童的"后来"告诉我们，爱一个孩子的全部、尊重他，对于他的成长多么重要。

正因为他们是被蹂躏、受尽虐待的孩子，我希望我们大人以及整个社会都去拥抱他们。在社会抚养机构长大的孩子们的问题绝非特殊或特别领域的问题。把他们关在那里等于无视他们的存在。与那些孩子重逢后，见到每个人的笑脸，我再次强烈感到，我们的社会不能变成那样。

那些光虽然很美，却很脆弱，容易破碎。正因为如此，他们应该和爱自己的人生活在同一屋檐下。换句话说，通过今年夏天的旅程，我再次亲眼见证了"家庭"抚养的重要性。我坚信并断言，希望肯定就在这里。

我希望今后也像一个"亲戚家的阿姨"一样，关注他们每个人的成长。只要沙织不嫌弃，我愿意与她成为一生的"朋友"，或者作为"年龄相差较大的姐姐"与她相处。这是我的夙愿。

黑川祥子

2015 年 9 月

TANJOBI WO SHIRANAI ONNA NO KO
GYAKUTAI - SONOGO NO KODOMOTACHI by Shoko Kurokawa
Copyright © 2013 by Shoko Kurokawa
All rights reserved.
First published in Japan in 2013 by SHUEISHA Inc.,Tokyo.

This Simplified Chinese edition published by arrangement with SHUEISHA Inc., Tokyo in care of Tuttle-Mori Agency, Inc., Tokyo.

图字：09‐2022‐0489号

图书在版编目（CIP）数据

不知道自己生日的女孩/（日）黑川祥子著；孙逢明，王慧译. —上海：上海译文出版社，2024.3
（译文纪实）
ISBN 978‐7‐5327‐9438‐6

Ⅰ.①不… Ⅱ.①黑… ②孙… ③王… Ⅲ.①纪实文学－日本－现代 Ⅳ.①I313.55

中国国家版本馆CIP数据核字（2024）第041487号

不知道自己生日的女孩

[日] 黑川祥子/著　孙逢明　王　慧/译
责任编辑/常剑心　装帧设计/邵　旻　观止堂＿未氓

上海译文出版社有限公司出版、发行
网址：www.yiwen.com.cn
201101　上海市闵行区号景路159弄B座
上海盛通时代印刷有限公司印刷

开本 890×1240　1/32　印张 7.75　插页 2　字数 123,000
2024年3月第1版　2024年3月第1次印刷
印数：0,001—8,000册

ISBN 978‐7‐5327‐9438‐6/I · 5904
定价：52.00元

本书专有出版权为本社独家所有，非经本社同意不得转载、摘编或复制
如有质量问题，请与承印厂质量科联系。T：021‐37910000